SUEÑO DE AMOR

LIBRO MÁGICO DEL AMOR 2

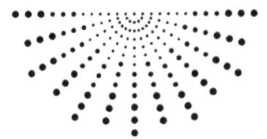

BETTY MCLAIN

Traducido por
XINIA ARIAS

Este libro está dedicado a todos los que creen en vidas pasadas, almas gemelas y la posibilidad muy real de encontrar el sueño de amor.

PRÓLOGO

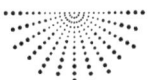

"¡Ayúdenme!" "¡Ayúdenme!"

Marcus se sentó abruptamente en la cama, sacudido por el sueño de una voz femenina que pedía ayuda. Miró alrededor de la habitación, luego, levantándose de la cama, se acercó y miró por la ventana. Pero no había nada allí. Fue a la cocina y miró por las ventanas.

"Bueno", dijo Marcus. "Supongo que debo haber estado soñando. Pero parecía tan real".

Marcus regresó a la habitación y miró el reloj. Habían pasado solo tres horas desde que se acostó. Volvió a la cama y se obligó a dormir un poco más. Mañana llegaría pronto.

Marcus se había quedado profundamente dormido cuando volvió a sonar la misma voz femenina.

"Ayúdenme, que alguien me ayude", imploró la voz femenina.

Marcus no se despertó esta vez. Se hundió más en el sueño.

¿Quién eres tú?, él preguntó. ¿Qué pasa?

"Mi nombre es Valerie Mason. Estoy en un hospital en Rolling Fork. Una abeja me picó y soy muy alérgica a las picaduras de abeja. Me desmayé antes de que pudiera alcanzar mi bolso para obtener mi

medicina. Mi amigo llamó a una ambulancia y me llevaron al hospital
".

"Eso es bueno, ¿no? respondió Marcus.

"¡No, no, no! El doctor me dio una inyección de epinefrina. Soy alérgica a esto también.

CAPÍTULO UNO

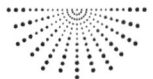

*M*arcus Drake entró en su casa y comenzó a quitarse la corbata y la chaqueta del traje. Estaba cansado, pero era un buen tipo de cansancio. Había hecho rondas en el hospital antes de tomarse la tarde libre para asistir a la boda doble de Mallie con Daniel y Dana Wilson con Bob Jenkins. Era bueno ver a todos tan felices después de la terrible experiencia por la que habían pasado solo cuatro meses antes.

Mallie y Daniel, sus antiguos pacientes, habían estado en coma. Luego, de repente, se despertaron y declararon que se conocieron en estado de coma y se enamoraron. Todos estaban asombrados. El hospital había realizado muchas pruebas en ellos, tratando de encontrar respuestas. Las enfermeras estaban convencidas de que era la magia del amor. Marcus se encogió de hombros. No tuvo mejor respuesta. Quizá tenían razón.

Desde su salida del hospital, la madre de Mallie, Dana Wilson, y la madre de Daniel, Mary Gray, habían estado en una campaña para incluirlo en tantas reuniones familiares como pudieran persuadirlo para que asistiera. Al principio se comportaba reacio, pero disfrutaba haciendo amistad con las dos familias y sus amigos y vecinos.

También era una buena forma de vigilar a Mallie y Daniel. Quería asegurarse de que continuaran bien.

Marcus suspiró cuando entró en su habitación y terminó de desvestirse. Decidió que un momento de relajación en su bañera de hidromasaje era justo lo que necesitaba. Abrió el agua y comenzó a llenar la bañera. Mientras se estaba llenando, fue a su cocina a buscar una botella de agua. Después de tomar su agua, regresó a su gran baño. La habitación estaba equipada con ducha y lavabos dobles. La ducha se usaba con más frecuencia cuando tenía prisa por llegar al hospital. Se deslizó en el agua de su bañera y se echó hacia atrás con un suspiro de agradecimiento.

Fue muy afortunado de tener un fondo fiduciario establecido por sus abuelos paternos. Lo habían arreglado para que su padre no pudiera tener acceso, por lo que estaba intacto cuando lo necesitó para pagar la escuela de medicina. Le ayudó a comprar su casa y a instalarse.

Su madre y su padre no entendían por qué quería practicar medicina en el pequeño pueblo de Denton. Querían que practicara en una ciudad más grande, donde podrían sostenerlo como un trofeo para presumir.

Marcus se echó hacia atrás y cerró los ojos. Pensó en la escena en su casa, la última vez que fue allí. Habían pasado dos años desde esa visita. No había vuelto desde entonces. No quería que se repitiera lo que pasó.

Sus padres lo habían ignorado mientras crecía, dejándolo con una niñera y un tutor. Solo era invitado cuando querían exhibirlo ante sus amigos.

Cuando fue a la universidad y a la escuela de medicina, vivía en el campus. Evitaba ir a casa. Una vez, cuando fue a su casa de visita, estaban teniendo una fiesta y no parecían notar que estaba allí. Después de regresar a la universidad, hacía otros planes cuando había un descanso programado. Iría a algún lugar con amigos o se quedaría en el dormitorio y estudiaría.

Le iba muy bien en el hospital y le gustaba estar a cargo. La medicina era su vida. Era feliz cuando podía marcar la diferencia en las vidas que tocaba.

Marcus pensó en Mallie y Daniel. Había sido una boda hermosa. Tuvo lugar en el patio trasero de la casa de Dana. Había flores por todos lados. Se construyó un altar, lo suficientemente grande para dos parejas. Mallie y Daniel estaban tan enamorados que fue una alegría verlos. Dana y Bob también estaban enamorados, pero parecía ser un tipo de amor más tranquilo. Mallie y Dana se veían muy hermosas cuando madre e hija caminaron juntas por el pasillo hacia donde estaban esperando sus novios.

Dana se iba a mudar a la casa de Bob después de la boda. Mallie y Daniel iban a quedarse en la casa de Dana y Mallie. Daniel renunció a su trabajo en el gran bufete de abogados en el que había estado trabajando antes de ingresar al hospital. Decidió aceptar la oferta de trabajo de Bob en la nueva oficina legal de la empresa de bienes raíces. Había estado estudiando derecho inmobiliario. Tenían algunos detalles que resolver, pero todos estaban entusiasmados de que todo funcionara tan bien.

Marcus salió de la bañera de hidromasaje y se envolvió en una toalla grande y esponjosa antes de dirigirse a la habitación para prepararse para ira a la cama. Se puso unos boxers y se metió en la cama. Usó el control remoto para apagar las luces y se acomodó para dormir.

"¡Ayúdenme!" "¡Ayúdenme!"

Marcus se sentó abruptamente en la cama, sacudido por el sueño de una voz femenina que pedía ayuda. Miró alrededor de la habitación, luego, levantándose de la cama, se acercó y miró por la ventana. Pero no había nada allí. Fue a la cocina y miró por las ventanas.

"Bueno", dijo Marcus. "Supongo que debo haber estado soñando. Pero parecía tan real".

Marcus regresó a la habitación y miró el reloj. Habían pasado solo tres horas desde que se acostó. Volvió a la cama y se obligó a dormir un poco más. Mañana llegaría pronto.

Marcus se había quedado profundamente dormido cuando volvió a sonar la misma voz femenina.

"Ayúdenme, que alguien me ayude", imploró la voz femenina.

Marcus no se despertó esta vez. Se hundió más en el sueño.

¿Quién eres tú?, él preguntó. ¿Qué pasa?

"Mi nombre es Valerie Mason. Estoy en un hospital en Rolling Fork. Una abeja me picó y soy muy alérgica a las picaduras de abeja. Me desmayé antes de que pudiera alcanzar mi bolso para obtener mi medicina. Mi amigo llamó a una ambulancia y me llevaron al hospital ".

"Eso es bueno, ¿no? respondió Marcus.

"¡No, no, no! El doctor me dio una inyección de epinefrina. Soy alérgica a esto también. No puedo decirles cuál es el problema. Si no estuviera conectado al oxígeno, no estaría aquí, ahora. La voz pareció agitarse más.

"Cálmate", dijo Marcus. "¿Sabes lo que deberías tomar?"

"Sí, mi médico de familia me recetó clorfeniramina. También me dio Albuterol para ayudar con la respiración", respondió ella.

"¿Sabes el nombre del médico que te atiende en el hospital?" Preguntó Marcus.

"Sí, es el Dr. Steel", respondió ella.

"Déjeme ver qué puedo hacer" Por cierto, mi nombre es Marcus. Yo soy también doctor. Veré si puedo conseguirte ayuda. Aguanta y trata de relajarte.

"Gracias, Marcus".

Con eso, Marcus se despertó. Se sentó en la cama y miró a su alrededor. Luego tomó su teléfono. Marcó "O" para el operador, Marcus esperó impaciente.

"Halo", dijo Marcus, cuando el operador respondió. "¿Podrías conectarme al hospital en Rolling Fork?"

"Un momento, por favor", respondió el operador.

El teléfono comenzó a sonar. Después de tres tonos fue contestada.

"Halo, Hospital Rolling Fork. ¿Le puedo ayudar en algo?

"¿Podría decirme si tiene una paciente llamada Valerie Mason?"

"Espere un momento, por favor. Sí. Ella está en la UCI".

"Ya veo", dijo Marcus. ¿Podrías conectarme con el Dr. Steel? Dile que es el doctor Marcus Drake quien llama.

"Sí " contestó ella. "Espera por favor."

Mientras esperaba en el teléfono, Marcus pudo escuchar al Dr. Steel siendo localizado y estaba impaciente por que respondiera.

"Soy el Dr. Steel. Me llamaste".

"Sí, doctor". Tienes una llamada del Dr. Marcus Drake".

"Pásamelo", respondió el Dr. Steel.

Los teléfonos hicieron clic y luego los dos médicos se conectaron.

"¿Qué puedo hacer por usted, Dr. Drake?" preguntó el Dr. Steel.

"Estás tratando a Valerie Mason por una picadura de abeja", respondió Marcus.

"Sí, lo estoy", dijo el Dr. Steel. "Ella no está mejorando".

"Eso es porque le diste epinefrina. También es alérgica a eso ", dijo Marcus. "Necesita darle clorfeniramina con albuterol para ayudarla con la respiración. Si miras en su bolso, verás su receta de su médico de familia.

"Gracias por llamar, Dr. Drake". El Dr. Steel colgó el teléfono y corrió por el pasillo. Se detuvo en la estación de enfermería el tiempo suficiente para pedir la nueva medicina y luego se apresuró a la UCI.

Las personas en la UCI se sorprendieron por la urgencia con la que venía del Dr. Steel cuando entró en la habitación donde Valerie Mason era paciente. Había una señora mayor sentada cerca de la cama manteniendo vigilancia.

La enfermera vino rápidamente adentro con la medicina que el Dr. Steel había ordenado al pasar por la estación de enfermería. El Dr. Steel le indicó a ella para que la agregara a la intravenoso que fluía en el brazo de Valerie. La enfermera se adelantó e insertó la aguja en la vía intravenosa, agregándola a la mezcla.

El Dr. Steel se volvió hacia la señora sentada junto a la cama. "¿Sabes dónde está su bolso?" él preguntó.

"Sí" contestó ella. "Está por allá". Hizo un gesto hacia el pequeño armario.

El Dr. Steel fue al armario y abrió la puerta. Tomando el bolso de Valerie del estante y miró dentro. Efectivamente, había dos botellas de prescripción dentro. Los sacó y los miró. Sacudió la cabeza con un suspiro, luego volvió a colocar las botellas en el bolso y lo devolvió al armario.

¿Cómo está ella? le preguntó a la enfermera, mientras regresaba a lado de la cama. Él revisó los monitores y miró de cerca a Valerie.

"Parece que respira un poco más fácil", respondió la enfermera.

"Bien", respondió el Dr. Steel. "Mantenla vigilada y notifícame si hay algún cambio".

"Sí, doctor", respondió la enfermera.

El Dr. Steel se volvió y salió de la habitación.

CAPÍTULO DOS

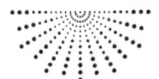

*M*arcus estaba demasiado conectado para volver a dormir. Fue a la nevera y se sirvió un vaso de limonada. Se sentó en el bar, entre la cocina y el comedor, y tomó varios tragos de su bebida, reflexionando sobre lo que acababa de suceder.

"Realmente me conecté con Valerie en un sueño", dijo en voz alta. ¿Cómo es posible? Nunca me ha pasado algo así antes. Sé que Mallie y Daniel se conocieron y se enamoraron en sus comas, pero nunca me ha sucedido nada ni remotamente parecido".

Marcus terminó su bebida. Llevó su vaso al fregadero, lo enjuagó y luego lo colocó en el escurridor para que se seque. Decidió ir a la sala de estar y ver si había algo en la televisión. No había forma de que pudiera volver a dormir. Se acomodó en el lujoso sofá color tostado y cogió el control remoto. Después de navegar por los canales y no encontrar nada que le interesara remotamente, apagó la televisión. Se recostó en el sofá y pensó en lo que había sucedido.

Las enfermeras del hospital Rolling Fork se sorprendieron al ver que Valerie mejoraba tan rápido. Solo había pasado una hora desde que el médico le ordenó un nuevo medicamento y ella ya estaba sentada en la cama.

Valerie se veía mucho mejor. Las enfermeras no dejaban de poner excusas para pasar por su habitación y ver cómo estaba. No podían creer que esta joven, que había estado prácticamente en coma, pudiera estar sentada y sonriéndole a todos.

"Estoy bien, tía Emily", Valerie estaba sonriendo a la señora sentada al lado de su cama. "Te agradezco que te quedes conmigo, pero necesitas irte a casa, disfrutar de una comida relajante y luego descansar un poco. El médico probablemente me dejará ir a casa más tarde hoy o por la mañana.

La dama le dio a Valerie una sonrisa a cambio. "Puedo ver que estás mucho mejor. Me asustaste por un tiempo. Llamé a tu madre a Italia y le hice saber cómo estás mejorando. Ella y tu papá la están pasando muy bien en sus vacaciones. Cindy de la galería llamó y dijo que te diera sus mejores deseos. Ella dijo que todo estaba bajo control en la galería y que no te preocuparas por nada. Si estás segura de que no necesitas nada, creo que iré a darme una ducha y a comer algo", respondió la tía Emily.

"Estoy bien". Sé que mamá se sintió aliviada de que estuvieras aquí. Me alegra que la hayas tranquilizado. No quisiera que ella y papá acortaran sus vacaciones. Esta es la primera vez en años que puede convencer a papá para que se tome un descanso. La boda de la prima Kathy fue una excusa perfecta. Italia es hermosa en esta época del año ", terminó Valerie con un suspiro. Se recostó y le dio a tía Emily una gran sonrisa. "Ahora vete y descansa bien".

Tía Emily se inclinó sobre la cama y le dio un abrazo a Valerie.

"Sabes que eres muy especial para mí", dijo

"Siempre has sido especial para mí también". Valerie le devolvió el abrazo. "Ahora, ve y cuídate. Estoy bien".

Valerie le indicó a su tía que se fuera. Se recostó y cerró los ojos tan pronto como ella salió por la puerta. Ella había puesto una buena cara, pero todavía estaba muy cansada. Estaba pensando en Marcus y se preguntaba si alguna vez lo conocería en persona.

Marcus se estaba preparando para ir al hospital. Tenía rondas que hacer y un horario completo para el día. Habría trabajo extra porque se había tomado día y medio para ir a la boda. Miró su reloj y decidió que tenía unos minutos para ver a Valerie.

Marcus miró su teléfono y marcó el número que había llamado a través del operador la noche anterior.

"Rolling Fork Hospital", dijo una voz.

"Soy el Dr. Drake. ¿Podrías comunicarme con el Dr. Steel?

"Un momento".

"Soy el Dr. Steel".

"Este es Marcus Drake. Estoy llamando para saber de Valerie Mason.

"Hola, Doctor Drake. La señorita Mason está mucho mejor. Está alerta y sentada. Probablemente se vaya a casa mañana. Quiero agradecerte por informarme sobre la medicina. Voy a asegurarme que reciba un brazalete para alérgicos antes de que salga del hospital".

Es una buena idea. No sé por qué ella no tiene uno. Déjame darte mi número y puedes llamarme si ella algún otro problema".

"Muy bien, si hay algún problema, te llamaré. No preveo ninguno, pero nunca se sabe.

"Gracias, Dr. Steel."

Marcus colgó el teléfono y, con un vistazo a su reloj, se apresuró a comenzar su día en el hospital.

Mientras tanto, Valerie estaba descansando con los ojos cerrados y pensando en Marcus. Se rió suavemente. Nadie creería que Marcus y yo nos conocimos en un sueño, pensó. Probablemente estarían listos para encerrarme por tener delirios. Tendrá que ser mi pequeño secreto. Fue frustrante no poder decírselo a nadie. Ella frunció el ceño y se fue a dormir.

Valerie se despertó cuando la enfermera vino a revisar sus signos vitales.

"Bueno, ¿cómo estoy?" preguntó Valerie.

"Lo está haciendo muy bien. Si no lo supiera, no pensaría que has estado enferma. Usted ha tenido una recuperación notable. La enfermera sonrió y salió de la habitación.

"Todo lo que necesitaba era la medicina correcta", reflexionó Valerie, "gracias a Marcus". Nadie le había dicho que Marcus había sido el que le había conseguido la medicina que necesitaba para mejorar, pero sabía que de alguna manera se había conectado con el hospital y se aseguró de que recibiera la medicina.

Valerie miró a su alrededor en busca de algo en qué ocuparse mientras esperaba para volver a casa. No había nada más que la televisión. Tomó el control remoto y lo encendió.

Valerie estaba acostumbrada a trabajar durante el día y la televisión diurna no le interesaba. Ella lo apagó. El teléfono sonó. Valerie se acercó y lo recogió.

"Hola", dijo ella.

"Hola, cariño. ¿Como estas?" le preguntó su madre.

"Hola, mamá. Estoy bien. Yo no habría tenido ningún problema en absoluto si me hubieran dado la medicina correcta.

"¿No tenías tu brazalete de alergia?

"No, la cadena se rompió y yo no había tenido la oportunidad de arreglarlo. Puedes apostar que lo tendré de ahora en adelante. Valerie se rió. "Pero ya fue suficiente sobre mí. ¿Cómo están papá y tú en Italia? ¿Papá se está relajando? Dile que no se preocupe por la galería. Está todo bien. Me iré a casa mañana. Cindy mantendrá las cosas en su lugar hasta que vuelva. Usted sabe que ella es muy buena en lo que hace. Valerie se detuvo para respirar y dejar que su mamá respondiera.

"Sé que ella lo es. No estamos preocupados. He estado tratando de convencer a tu padre para que se quede más tiempo. Se ve mucho mejor, sólo al estar lejos del trabajo por unos días. Creo que le haría un mundo de bien estar fuera un poco más. ¿Cómo te llevas con Emily? Sé que no puedes ver a tu madrina muy a menudo. Espero que esté teniendo una buena visita."

"Nos estábamos llevando bien hasta que me picó esa abeja. Me temo que ella ha estado muy aburrida sólo sentada al lado de mi cama. Valerie respondió.

"Ella no se ha aburrido en absoluto. Me dijo que estaba contenta de poder estar allí para que no estuvieras sola. Ella te quiere mucho", dijo firmemente la mamá de Valerie.

"Lo sé, mamá. Yo también le tengo cariño. Lamento que haya tenido que pasar su visita sentada en una habitación de hospital".

Bueno, estarás en casa mañana, así que puedes compensarla. Sácala y que pase un buen rato. Tengo que irme, tu padre me está llamando. Avísame cuando vuelvas a casa y ten cuidado de mantenerte alejada de las abejas. Se rió, pero hablaba en serio.

"Créeme que lo haré Adiós, mamá. Te amo. Dile a papá que lo amo."

"Lo haré." Yo también te amo. Adiós" Su mamá colgó, y Valerie también apagó su teléfono.

Cuando Valerie colgó el teléfono, el Dr. Steel entró en la habitación.

"Hola, señorita Mason. "¿Cómo te sientes?" El doctor tomó la tabla a los pies de su cama y la estudió. Volvió a colocar el gráfico en su lugar y rodeó la cama. Se inclinó y, usando su estetoscopio, escuchó su corazón.

"Estoy bien, doctor. Estoy mejorando cada vez más", respondió Valerie.

"Sí, ya veo. Tengo un brazalete de alergia aquí para que lo uses. Prevendrá confusiones en el futuro", dijo el Dr. Steel, entregándole a Valerie el brazalete.

Valerie se sonrojó mientras tomaba el brazalete. "Tengo un brazalete. La cadena se le rompió. No había tenido tiempo de arreglarlo".

"Ahora tienes dos. Después de que arregles el otro, tendrás uno de repuesto por seguridad. Qué nunca te atrapen sin eso. podría salvarte la vida". Dr, Steel hablaba muy en serio mientras hablaba con Valerie. "Creo que podrás volver a casa mañana si continúas mejorando. Te lo haré saber por la mañana. Intenta descansar un poco. El doctor iba saliendo.

"Dr. Steel", dijo Valerie. Cuando se volvió hacia ella, Valerie preguntó: "¿Te llamó Marcus y te contó sobre mi medicina?"

"Sí, lo hizo", respondió el Dr. Steel. Dio media vuelta y salió de la habitación.

Valerie se abrazó a sí misma. "Lo sabía", pensó. Sonriendo felizmente, se acurrucó y se preparó para descansar.

CAPÍTULO TRES

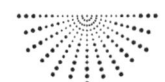

$\mathcal{M}$arcus llegó a casa desde el hospital. No podía recordar cuándo había estado tan ansioso por que terminara un día. Iba a preparar algo para comer, pero no podía esperar más. Tomó su teléfono y marcó el número del hospital Rolling Fork.

"Hospital Rolling Fork. ¿Le puedo ayudar en algo?

"¿Me conectarías con la habitación de Valerie Mason, por favor?" Marcus esperó impaciente.

"Hola", dijo la voz femenina que solo había escuchado en su sueño.

"Hola, Valerie. Soy Marcus. ¿Como estas?"

"Hola, Marcus", respondió Valerie con un suspiro feliz. Había reconocido la voz de inmediato. "Me va muy bien. Gracias a usted. No sé qué hubiera pasado si no me hubieras escuchado.

"Me alegra que estés bien. ¿Alguna vez te has conectado con alguien en un sueño como en este caso, antes? él preguntó.

"No, nunca. Yo no sé cómo pasó. ¡Estaba tan desesperada! Estaba tratando de lograrlo y tú estabas allí. Me alegró mucho oír tu voz. Valerie suspiró profundamente.

"Lo sé. Al principio pensé que estaba escuchando algo afuera ", dijo Marcus. "Me levanté y miré por todas las ventanas. Cuando no vi nada, volví a dormir y allí estabas de nuevo. Entonces, me levanté y llamé al Hospital Rolling Fork. Me sorprendió cuando me dijeron que eras paciente. Hablé con tu médico y le conté lo que me habías dicho. Me alegro de que me haya creído y no haya hecho muchas preguntas ".

Valerie se rio suavemente. "Yo también me alegro".

"¿Vives en Rolling Fork?" Preguntó Marcus.

"Sí, me quedo en la casa de mis padres y dirijo la galería de arte de mi familia mientras mi mamá y mi papá están de vacaciones en Italia. Asisten a la boda de mi primo mientras están allí. Mamá está tratando de hacer que papá se quede más tiempo. Casi nunca se toma tiempo para ir de vacaciones. El que me picara una abeja no ayudó en nada".

"Pero estás mejorando. Tal vez se quede más tiempo", dijo Marcus.

"Tal vez", dijo Valerie.

"¿Estás de acuerdo con que te llame?" Preguntó Marcus.

Sí, por supuesto. Estoy feliz de que hayas llamado. Estaba empezando a pensar que lo había imaginado todo, hasta que le pregunté al médico. Me dijo que lo habías llamado".

"¿Estaría bien si te hiciera una visita en mi próximo día libre? No sé cuándo será eso, tendré que avisarte". Marcus esperó ansiosamente su respuesta.

"Sí, me encantaría verte. Solo avísame. Déjame darte mi número y el número de la galería Mason". Valerie esperó mientras Marcus anotaba su número y el número y la dirección de la galería. Gracias por ayudarme, Marcus. "Espero ansiosamente verte".

"Con mucho gusto. Yo también estoy ansioso por verte. Adiós" Marcus esperó su adiós antes de colgar su teléfono.

Marcus tenía una gran sonrisa en su rostro cuando fue a la cocina a prepararse algo para comer.

Después de comer, Marcus decidió ver si podía encontrar algo sobre la Galería Mason en Internet. Encendió su computadora e inició una búsqueda. Escribió Mason Art Gallery e hizo clic en "buscar". Hubo varios listados para Mason Art Gallery. Marcus hizo clic en uno para abrirlo. Mostraba dos fotos. Una era una foto del frente del edificio. Había un gran cartel que decía "Galería de arte de Mason". Marcus hizo clic en la otra imagen. Mostraba la sala delantera de la galería. Habían tres personas en la foto. Había dos personas mayores en la foto. Supuso que debían ser los padres de Valerie. Marcus se centró en la joven de la foto. Respiró profundamente. Era absolutamente la persona más hermosa que había visto en su vida. Apenas podía quitarle los ojos de encima. Ella tenía una hermosa sonrisa.

Después de mirar la foto de Valerie durante unos minutos más, Marcus de mala gana cerró el artículo y luego apagó la computadora. Dejándola sobre la mesa, fue a su habitación. Tal vez la bañera de hidromasaje lo ayudaría a relajarse. Marcus llenó la bañera y, después de desnudarse, se metió. Se recostó y trató de relajarse, pero todo lo que podía pensar era en Valerie. Pasarían muchos días antes de que pudiera encontrar a alguien que la reemplazara por un par de días. Fue un largo viaje hasta Rolling Fork. Calculó que tomaría aproximadamente tres horas conducir hasta allí. Si iba a pasar algún tiempo con Valerie, necesitaría al menos dos días. Podía pasar la noche en un motel y regresar al día siguiente.

Marcus salió de la bañera y se secó con una de las grandes y esponjosas toallas. Su mente no se detendría lo suficiente para que se relajara. Estaba demasiado nervioso, pensando en Valerie. Se metió en su cama y se estiró. Cogió el control remoto del televisor y lo encendió. Las noticias estaba en marcha. Marcus se sorprendió al ver una foto de su padre en la pantalla. Tenía su brazo alrededor de su asistente. Marcus no recordaba cómo se llamaba. Subió el sonido para poder escuchar lo que se decía.

"Albert Drake acaba de confirmar que los rumores de su divorcio son ciertos. Él y su esposa por treinta y nueve años se han separado, según el Sr. Drake. Dijo que el divorcio fue amistoso y que la pareja acordó dividir sus propiedades y seguir siendo amigos. No pudimos contactar a la Sra. Drake para que diera sus comentarios sobre el divorcio. Este es el informe de noticias del canal siete. Buenas noches." El noticiero se terminó y comenzaron las noticias deportivas. Marcus apagó la televisión. No sabía cómo se sentía acerca de esta noticia. Apenas si lo tocó. Él y sus padres habían estado yendo por caminos separados por algún tiempo.

Marcus se giró y apagó las luces. Se acomodó en la cama y trató de dormir un poco. Pensó en Valerie mientras cerraba los ojos. Se durmió con una sonrisa en su rostro.

Al día siguiente en el hospital, Marcus habló con un par de médicos acerca de cubrirlo para poder tomarse un tiempo libre. Había reemplazado a ambos en diferentes ocasiones. El Dr. Carter no pudo hacerlo, ya que estaba cubriendo a otro médico que tuvo una emergencia familiar. El Dr. El cristal convino en cubrirlo jueves y viernes. Marcus le dio las gracias y comenzó a planificar su viaje.

Cuando Marcus llegó a casa desde el hospital, apenas podía esperar para entrar y llamar a Valerie. Estaba tan emocionado que estaba sonriendo de oreja a oreja.

"Hola", dijo Valerie.

"Hola", dijo Marcus. "¿Ya has llegado a casa?"

Valerie sonrió. "Sí, ya llegué".

"¿Estás lista para una compañía?"

"Sí Lo estoy, si la compañía eres tú. dijo Valerie alegremente.

"Logré tener tiempo libre el jueves y el viernes. Pensé que podría conseguir una habitación de motel y quedarme para tener más tiempo juntos. ¿Estás bien con eso?

Me encantaría que te quedaras. Cuanto más tiempo puedas quedarte, más me gustará. no puedo esperar para verte. ¿Sabes a qué hora puedo esperarte?

"Me tomará unas tres horas llegar desde Denton. Saldré temprano y debería estar allí a las nueve. Yo también estoy ansioso por verte".

"¿Está bien si nos encontramos en la galería? Necesito presentarme antes de tomar el día ".

"Está bien. No me importa dónde nos encontremos mientras pueda verte. Observé la galería en mi computadora. Tenía una foto tuya y de tus padres allí. Marcus estaba reacio a colgar. Quería aguantar todo el tiempo que pudiera.

"Oh", exclamó Valerie. "Mi papá lo tomó como publicidad. Es de hace varios años. Todos hemos cambiado desde entonces ".

Marcus se echó a reír. "No te preocupes". Me reservo el juicio hasta llegar allí. No puedo esperar".

"Yo tampoco, te veo el jueves".

¡Nos vemos el jueves! Marcus colgó.

Valerie tenía una gran sonrisa en su rostro mientras colgaba el teléfono. Pensó en la imagen que Marcus había visto en el anuncio sobre la galería de arte. Es de hace varios años. Esperaba que Marcus no se decepcionara cuando la conociera.

Antes de que pudiera hacer algo más, sonó el timbre de la puerta principal. Valerie se apresuró a responder.

"Hola tía Emily. Solo voy a refrescarme y estaré lista para partir".

"¿Estás segura de que tienes ganas de salir? Después de todo, acabas de salir del hospital. No me importaría quedarme aquí y pedir algo de comer", preguntó la tía Emily.

"Me siento bien. Era solo una picadura de abeja. Si me hubieran dado la medicina correcta no habría tenido que quedarme en el hospital. Habría salido de allí en una hora. Si lo deseas, podemos salir por un rato y volver aquí después de comer ". Valerie tranquilizó a su tía con una sonrisa.

"Está bien, ve a refrescarte y luego podemos irnos. Podemos dejar que mi chófer nos lleve al restaurante". Tía Emily se acomodó en el sofá para esperar a Valerie.

"No tardaré", acordó Valerie mientras se apresuraba a salir de la habitación.

"Este es un lugar encantador", dijo la tía Emily mientras contemplaba la discreta elegancia del restaurante. "Me alegra que hayamos decidido venir aquí".

Tenían varios buenos restaurantes en Rolling Fork, pero a Valerie siempre le había gustado este. Tenía buena comida y, junto con un buen servicio, era un lugar agradable y relajado.

"Sí, yo también me alegro. Siempre me gusta venir aquí. Cuando podemos sacar a papá de la galería, mamá y yo tratamos de reunirnos aquí al menos una vez al mes".

«Eso está bien. Todos deberían relajarse juntos. Solo trabajar juntos no es suficiente. Todos necesitan soltarse el pelo y ser ellos mismos de vez en cuando. Esto mantiene las cosas en equilibrio ". Tía Emily hizo una pausa para revisar su comida. "Ummm, esto está tan bueno", dijo. Ella cerró los ojos y saboreó el sabor. "No sé la última vez que disfruté tanto de la comida", confió.

"Lo sé", estuvo de acuerdo Valerie. "Puedo subir de peso simplemente oliendo todos los maravillosos aromas aquí. ¿No es fantástico?

"Sí", estuvo de acuerdo la tía Emily. ¿Vas a volver a trabajar mañana?

' Sí. No te preocupes". Lo tomaré con calma y lo haré un día corto. Necesito revisar la galería y hacer los arreglos para tener el jueves y el viernes libres. Tengo un amigo que viene a verme y quiero pasar un tiempo con él ". Valerie apartó la vista con timidez.

"Parece que esta persona es importante para ti", dijo la tía Emily.

"Podría ser. Sí, podría serlo,"terminó Valerie con una sonrisa.

Tía Emily entendió la indirecta de que Valerie no quería hablar de su amigo y cambió de tema.

"¿Has hablado con Melanie desde que estabas en el hospital?"

"Sí, hablé con mamá justo antes de que me dieran de alta. Ella está tratando de hacer que papá se quede un tiempo más. Ella quiere disfrutar de Italia sin preocuparse por los planes de boda. Ella piensa que también sería bueno para papá, también".

Tía Emily suspiró. "Puedo entender que quiera quedarse más tiempo. Italia es un hermoso país. Estoy deseando verla".

"Ella también está ansiosa por verte". No será por mucho. No puedo ver a papá relajándose por mucho tiempo. Tiene demasiada energía para estar inactivo por mucho tiempo. Le gusta estar involucrado en la galería". Valerie la tranquilizó.

Valerie esperaba que la tía Emily entrara cuando volvieran a la casa. Tía Emily insistió en que Valerie necesitaba descansar un poco. No quería que exagerara el primer día que salió del hospital. Valerie aceptó de mala gana y dijo buenas noches

Valerie no tenía el más mínimo sueño. Entró y fue a su habitación. Después de desnudarse, se dirigió al baño de su habitación para darse una ducha. Estaba tan emocionada de ver a Marcus. Apenas podía esperar el jueves. Sería una semana larga y mañana era solo lunes.

"¿Cómo voy a llegar al jueves?" se preguntó.

Valerie se secó con una toalla de baño grande y esponjosa. Se puso una camiseta grande para dormir, se metió en la cama y se preparó para soñar con Marcus.

CAPÍTULO CUATRO

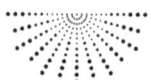

arcus luchó durante los siguientes días. Le costaba concentrarse en los pacientes cuando lo único en lo que quería pensar era en Valerie. Trató de empujarla al fondo de su mente, pero ella se escabullía inesperadamente. Marcus sacudió la cabeza y pensó con determinación en su paciente y leyó el gráfico que tenía en la mano. Era una tabla que ni siquiera recordaba haber recogido.

"Tengo que controlarme", miró el gráfico y luego al paciente. ¿Cómo le va hoy, señora Chambers?

La señora Chambers lo miró largamente. "Estoy lista para irme a casa, joven. Puedo tomar mi medicamento en casa tan bien como puedo aquí, y no tendré a alguien viniendo todo el tiempo a pincharme y presionarme".

Marcus se echó a reír. Le gustaba la mujer mayor y su franqueza. Estoy segura de que puede, señora Chambers. Voy a firmar sus documentos para darle de alta por la mañana. Si tiene alguna duda, póngase en contacto con el hospital. De lo contrario, creo que estará bien.

La señora Chamber le dedicó una sonrisa. "Gracias, Dr. Drake.

Aprecio toda la atención que he recibido aquí. Solo quiero ir a casa".

"Lo sé. No le culpo por ello. Cuídese mucho. No quiero que le pase nada a uno de mis pacientes favoritos ". Marcus sonrió y salió de la habitación.

Marcus se detuvo en el escritorio de las enfermeras con el cuadro de la señora Chambers. Estoy dándole de alta a la señora Chambers por la mañana. Verifique y asegúrese de que ella tenga transporte a casa y que alguien se quede con ella por un día o dos. Arregle una bolsa de regalos para llevar a casa con ella, solo algunas cosas para animarla. Pagaré por el contenido".

"Sí, doctor", respondió la enfermera. Ella movió su cabeza. El Dr. Drake seguramente se había relajado desde que las familias de Mallie y Daniel se habían hecho amigos de él. Apenas parecía la misma persona. La enfermera se dedicó a cumplir sus órdenes.

Marcus fue a su oficina. Gracias a Dios que este día casi había terminado. Después de terminar algunos trámites, estaría listo para irse a casa. Estaba buscando algunos papeles cuando sonó el teléfono.

"Hola", respondió.

"Hola Marcus. Esta es Mary Gray. Estamos haciendo una barbacoa este fin de semana y nos encantaría que pudieras venir".

"Lo siento, Mary. Me hubiera gustado, pero voy a estar fuera de la ciudad este fin de semana ".

"Ah, bueno, si regresas a tiempo, puedes pasar por aquí. Lo tendremos todo el día viernes y sábado. Eres bienvenido en cualquier momento", afirmó.

"Gracias, Mary. Tal vez la próxima vez. Nos vemos pronto".

Marcus colgó el teléfono y comenzó con su papeleo de trabajo. Estaba ansioso por llegar a casa para poder hablar con Valerie.

Valerie estaba teniendo sus propios problemas de concentración. El arte simplemente no podía competir con los pensamientos de Marcus. Ella suspiró y miró a su alrededor. Todo parecía limpio y ordenado. No hubía clientes. Cindy entró desde la trastienda. Tenía algunas estatuillas para esparcir por la tienda. Ella pensó que mejoraban la decoración, y tenía razón. Valerie los estudió, cómo encajaban y hacían que todo se viera mejor.

¿Sigues aquí? preguntó Cindy. "Estamos listos para cerrar por hoy. Puedo cerrar. Ve a casa y relájate. Después de todo, acabas de salir del hospital. No te presiones ".

"Sí, mamá", dijo Valerie con una sonrisa.

Cindy le devolvió la sonrisa. "Espero que vuelvas aquí resplandeciente y temprano mañana por la mañana", dijo burlonamente severa.

"Sí, señora", dijo Valerie con un saludo. "Yo estaré aquí".

Valerie se despidió y salió del lugar. Cindy la vio irse y sacudió la cabeza.

"Esa chica no sabe cuándo parar", dijo.

Cindy se ocupó de cerrar y asegurar con llave la tienda por la noche. Ella salió y se dirigió a casa.

Marcus había llegado a casa y decidió darse una ducha antes de llamar a Valerie. Quería darle tiempo para que llegara a casa desde la galería. Después de su ducha, se vistió con ropa casual y fue a la cocina a ver de qué se podía hacer un sándwich. Mirando en la nevera, encontró unas cuantas cosas. No había nada allí, nada apetitoso.

"Ay, bueno", dijo. "No quiero salir. Solo pediré una pizza". Marcus fue al teléfono de la casa y miró la lista de pizzerías. Escogió uno y pidió una pizza grande. Yendo hacia el sofá, Marcus se recostó y marcó el número de Valerie.

"Hola", dijo Valerie.

"Hola", dijo Marcus.

"¡Marcus!" exclamó Valerie. "Llamaste en el momento perfecto. Acabo de llegar a casa hace unos minutos. "Esperaba que llamaras".

"He estado esperando todo el día para hablar contigo", dijo

Marcus. "Apenas puedo concentrarme en los pacientes por pensar en ti. El jueves no viene lo suficientemente pronto para mí ".

"Ay, Marcus, yo siento lo mismo. No sé cómo podemos estar tan cercanos cuando nunca nos hemos conocido, pero siento que te conozco desde siempre.

"Me siento igual. ¿Crees que estuvimos juntos en una vida pasada y nos reunimos? él preguntó.

"No me sorprendería en lo más mínimo". dijo Valerie. "Nunca antes me había sentido así en la vida. Tiene que haber sido en una vida pasada. Tal vez por eso nos conectamos en nuestros sueños. Tal vez somos almas gemelas.

"Sí", dijo Marcus. "Esa es una posibilidad distinta. Explicaría muchas cosas. Quizás es por eso que nos conectamos tan fuertemente. No puedo esperar para conectarme contigo en esta vida.

"Sí, yo también", dijo Valerie.

El timbre de la puerta sonó. "Espera un minuto. Mi pizza está aquí".

Marcus fue a la puerta, pagó su comida y le dio una propina al chico. Se apresuró a regresar al teléfono.

"Decidí pedir una pizza", dijo. "No he ido de compras y mi refrigerador está vacío. Desearía que estuvieras aquí para compartirla conmigo.

"A mí también me encanta la pizza. Tal vez podamos compartir una este fin de semana.

"Creo que puedo mejorar lo de la pizza. Planeo llevarte a una comida formal. Tendrás que elegir un lugar que te guste. No estoy familiarizado con Rolling Fork ". Marcus explicó.

"No me importa dónde comamos", dijo Valerie, "mientras estemos juntos".

"Yo tampoco", dijo Marcus.

"Te dejaré ir para que puedas comer tu pizza antes de que se enfríe. Te hablaré más tarde", dijo Valerie.

Buenas noches." Sueña conmigo lucas gomez quiero soñar con papa nuel y su mundo Estaré soñando contigo, "dijo Marcus. Colgó el teléfono y se quedó mirando al espacio un rato. Al salir de su aturdimiento, llevó su pizza a la cocina para tomar un refresco y un plato.

Valerie se quedó mirando el teléfono, después de que Marcus colgó.

"Tal vez somos amantes de una vida pasada", pensó. Nunca antes se había sentido algo tan fuerte por nadie. Había salido con Don en el colegio. Habían tenido citas para el baile de graduación, pero nunca habían progresado más allá de la etapa de amistad. Un par de breves besos fueron todo lo que habían compartido. No podía emocionarse por Don. Había sentido que estaba besando a su hermano. Simplemente no era algo que pudiera ir a ninguna parte. Pensó en Marcus. Se abrazó y se estremeció.

"Apuesto a que no hay nada fraternal en besar a Marcus", pensó. Valerie sonrió y fue a ver qué podía preparar para comer. Ella podría pedir una pizza. Marcus la había comenzado a pensar en eso, y ahora lo ansiaba. Fue al teléfono y marcó el lugar de pizza local y realizó un pedido.

"Creo que tendré tiempo para una ducha rápida mientras espero", dijo.

Mientras Valerie esperaba, su teléfono volvió a sonar.

"Hola", respondió ella.

"Hola, cariño.

"Hola, mamá. ¿Cómo van las vacaciones? ¿Has persuadido a papá para que se quede más tiempo? preguntó ella.

" Sí, lo hice" Nos quedaremos un par de semanas más y haremos algunas giras. ¿Como estas?" ¿Ya has vuelto a trabajar?

"Fui por un rato hoy. Estoy bien. Cindy me vigila para asegurarse de que no me exceda. Supongo que no tienes nada que ver con eso". Bromeó Valerie.

"Solo quería asegurarme de que estuvieras bien", protestó su madre.

"Lo sé, mamá. No me importa. Solo estaba bromeando. Me alegra que hayas convencido a papá para que se quede más tiempo. Ambos realmente necesitan relajarse por un tiempo. Espera, mamá, mi pizza está en la puerta.

"Iré a recogerla. Solo quería ver cómo estabas. Ve y disfruta tu pizza. Te amo"

Yo también te amo. Adiós, Mamá.

Valerie colgó el teléfono y corrió hacia la puerta. Cuando abrió la puerta, respiró hondo.

"Oh, eso huele tan bien", dijo con una sonrisa. La repartidora le devolvió la sonrisa.

"Lo sé", respondió ella. "He estado oliendo pizza durante las últimas dos horas. No puedo esperar para tener mi descanso y comer algo ".

Valerie pagó su pizza y le dio una propina. Dijo "gracias" a la repartidora y llevó su comida a la cocina, donde consiguió un plato, le puso tres rebanadas, preparó una bebida y luego lo llevó a la sala de estar para mirar televisión mientras comía.

CAPÍTULO CINCO

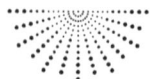

"Hola, ¿hay alguien aquí?" llamó una voz.

"Voy para allá", respondió Valerie. "Estoy en la trastienda".

Valerie asomó la cabeza por la habitación de atrás, donde había estado desempacando una nueva caja de arte.

"Hola, Don", dijo con una sonrisa. "¿Qué haces aquí cuando la cafetería está abierta?"

"Me estoy tomando mi descanso. Tengo una ayudante. Ella ha estado haciendo un buen trabajo, así que puedo tomar un descanso de vez en cuando. Escuché sobre tu pelea con una abeja. ¿Como estas?" preguntó Don.

"Estoy bien. Todo lo que necesitaba era la medicina adecuada y estaba lista para volver a casa ". Valerie se rió. "Debe ser un día lento de noticias si todas las noticias son sobre mi picadura de abeja".

"Todos estábamos preocupados por ti. Cindy nos mantuvo actualizados".

"No hay necesidad de preocuparse. Estoy bien".

"Me alegro", dijo Don. "Me preguntaba si te gustaría salir a comer y ver una película este fin de semana".

Valerie sacudió la cabeza. "Lo siento." Tengo planes para este fin de semana.

¡Quizás en otra ocasión! Don conversó unos minutos más antes de regresar a la cafetería.

Cindy entró por la puerta principal. Ella había estado en el banco y estaba regresando.

"Creí ver a Don irse. ¿Cómo pudo salir de la cafetería?

"Tiene una nueva persona trabajando con él. Solo quería ver cómo estaba después de la picadura de la abeja. Me pidió que saliéramos este fin de semana. Le dije que tenía planes. No estoy interesada en él. No quiero que él se haga ninguna idea". Valerie suspiró.

¿Qué planes? preguntó Cindy.

"Tengo un amigo que viene a la ciudad el jueves y viernes. Voy a mostrarle los alrededores. vendré a trabajar el jueves por la mañana por un rato. Me iré tan pronto como llegue Marcus y también voy a tomar el viernes libre". Valerie fue muy específica sobre sus planes. Ella no iba a dejar que nada interrumpiera su tiempo con Marcus.

"¿Podré conocer a Marcus?" preguntó Cindy.

"Sí, él me recogerá aquí. Te presentaré entonces, "acordó Valerie.

Cindy miró de cerca a Valerie. Nunca se había visto tan felizmente ansiosa por nada. Este Marcus debe ser muy especial para ella.

"Bueno, vamos a trabajar". Todavía tenemos algunas cajas más que vaciar", dijo Valerie.

Valerie comprobó si había clientes afuera. La costa estaba libre. Ella y Cindy regresaron a la trastienda para terminar de desempacar.

Valerie se despertó temprano el miércoles por la mañana. Se estiró y rodó sobre su espalda. Tuvo un mareo al pensar en Marcus. Un día más y ella estaría con la persona que se había vuelto muy importante para ella en tan poco tiempo. Hablar con él por teléfono todos los días era agradable, pero ella quería verlo y poder tocarlo. Tal vez había algo en la idea de la vida pasada que ella y Marcus habían discutido.

Se sentía como si hubiera conocido a Marcus por siempre. Se dio la vuelta y se arrastró fuera de la cama. Después de una ducha rápida, preparó un desayuno simple de jugo y tostadas. Agarró sus llaves y se dirigió a la galería de arte. Intentaría hacer mucho trabajo hoy porque tomaría libre los próximos dos días. Cualquiera que se topaba camino al trabajo recibía un saludo y una sonrisa alegre. Ella animó a todos, solo por ser tan feliz.

Cindy saludó a Valerie cuando cruzó la puerta.

"Hola. Seguramente te ves feliz hoy", comentó ella.

"Estoy feliz", estuvo de acuerdo Valerie. "Marcus estará aquí mañana. Apenas puedo esperar.

"El día irá más rápido si nos ponemos a trabajar", dijo Cindy. "Veamos qué nos queda por desempacar. Después de que terminemos de desempacar, podemos comenzar a ordenar el arte en la sala de exposición. Tenemos la caja que tu mamá envió desde Italia. "¿Porqué no empezamos con esa?"

"Está bien", estuvo de acuerdo Valerie. "No puedo esperar a ver qué envió".

Cindy guio el camino hacia la trastienda. Valerie fue buscar la caja que había llegado de Italia la noche anterior. Era tarde cuando llegó. Habían llegado cuando estaban a punto de partir, así que decidieron esperar hasta la mañana para abrir la caja. Valerie usó un cortador para quitar la cinta de embalaje de la caja. La abrió con cuidado y miró dentro. Había una nota dentro sobre el contenido. La nota era de su madre.

"Hola Val. Estamos pasándolo bien. Creo que tu papá está feliz de que lo haya convencido de quedarnos más tiempo. Nos topamos con una venta de bienes hace unos días. Conoces a tu papá. No puede resistirse a una venta de bienes. Por lo que tomamos algunas cosas Puedes elegir algo para ti y algo para Cindy. Pon el resto en la galería a la venta. Disfrútalo, te ama mamá ".

"Oh", suspiró Cindy. "¡Tengo que elegir uno para quedármelo!"

Ella comenzó a sacar cuidadosamente los artículos de la caja. Valerie la ayudó a quitarles el papel de regalo. Había muchas figuras en la caja. Los desenvolvió cuidadosamente y los alineó sobre la mesa para estudiarlos.

"¿Cuál vas a escoger?" preguntó Cindy.

Valerie miraba sobre la exhibición. Ella notó cómo los ojos de Cindy fueron dibujados a una estatua del ángel que tocaba el arpa. Pienso que tomaré éste," dijo a Valerie. Levantó la estatua de un ángel que se cernía sobre una niña muy pequeña como si la estuviera protegiendo.

Cindy rápidamente escogió la que había estado mirando.

"Pongamos esto en la oficina y organicemos una exhibición para el resto", dijo Valerie. "Tal vez podamos poner una tarjeta con ellos para que la gente sepa que vinieron de Italia".

"Esa es una buena idea", coincidió Cindy.

Las chicas rápidamente guardaron sus estatuas en la oficina y se ocuparon de preparar la exhibición. Valerie retrocedió y dejó que Cindy arreglara las estatuas. Cindy era muy buena en eso. Después de organizar la exhibición, las chicas retrocedieron y la admiraron.

"Se ve muy bien", dijo Valerie. "Los colocaste a la perfección. Se ven bien desde todos los ángulos ". Ella caminó alrededor de la sala admirándola desde todos los lados.

"Gracias", dijo Cindy. "Las estatuas estaba ubicada bien. Parece que debían estar juntos. Tal vez alguien venga y compre la exhibición completa ".

"Tal vez," estuvo de acuerdo Valerie. "Han pasado muchas cosas extrañas".

Con una última mirada a la exhibición, las chicas regresaron a la trastienda para continuar desempacando.

Trabajaron de manera constante hasta el almuerzo con solo breves descansos para atender a los clientes. Cindy instó a Valerie a tomar su almuerzo primero. Valerie estuvo de acuerdo y fue a la oficina a buscar su bolso antes de irse. Cuando tomó su bolso, notó que tenía un mensaje en su teléfono. Ella rápidamente hizo clic en el mensaje. Era de Marcus.

"Pensando en ti. No puedo esperar hasta mañana".

Valerie sonrió. Pensando en ti. se repitió a sí misma. "Yo también", escribió. Rápidamente hizo clic en "enviar" y se fue a almorzar.

CAPÍTULO SEIS

*M*arcus sonrió mientras miraba el mensaje de Valerie. Fue a la cafetería a almorzar. En la cafetería, escogió lo que quería comer y buscó un lugar para sentarse. Vio al Dr. Pane y al Dr. Carter sentados en una mesa en el medio de la habitación y se dirigió hacia la mesa.

"¿Les importa caballeros si me uno a ustedes?" él preguntó.

"Sírvase", dijo el Dr. Pane. Hizo un gesto a la silla vacía. "¿Estás listo para tus días libres?"

"Sí", dijo Marcus. "He estado planeando este viaje durante días".

"¿A dónde vas?" preguntó el Dr. Carter.

"Voy a Rolling Fork. Son unas tres horas desde aquí. ¿Alguno de ustedes está familiarizado con eso?

El Dr. Pane sacudió la cabeza, pero el Dr. Carter asintió. Allí me crié. Es un lugar bonito. Pensé en volver a practicar allí, pero decidí que necesitaba alejarme de mis amigos y vecinos hasta que tuviera más experiencia. Planeo volver allí algún día", el Dr. Carter amplió su respuesta.

"¿Estás familiarizado con la galería de arte Mason?" Preguntó Marcus.

"Sí, el Sr. Mason es un buen tipo. Fui a la escuela con su hija, Valerie. No salía con la multitud de la escuela, y siempre ayudaba a su padre en la galería. Ella siempre fue amigable, pero no estaba interesada en pasar el rato. Siempre decoraban la galería para Halloween. Había algunas decoraciones geniales ". El Dr. Carter se reclinó en su silla. Seguía pensando en su hogar. Parecía un poco nostálgico.

Marcus no ofreció ninguna información sobre su cita con Valerie. Estaba asimilando la información de cerca y saboreándola.

"Si necesita una visita más larga, también puedo cubrirlo el sábado", se ofreció voluntariamente el Dr. Pane.

"Eso sería genial. ¿Estás seguro de que puedes manejar el trabajo extra? Preguntó Marcus.

"Estoy seguro. No tengo nada que hacer y no me caería mal el dinero extra ", afirmó. "A veces parece que no hay suficiente dinero para todo".

Marcus se sintió culpable por un momento. Siempre le había sido bastante fácil con el dinero. El fondo fiduciario dejado por su abuelo siempre le había allanado el camino.

Todos terminaron de comer y llevaron sus bandejas a la cinta transportadora. Los tres se separaron fuera de la cafetería para ir a diferentes pisos para atender a los pacientes.

Cuando Marcus cruzó la puerta de su casa, después de salir del hospital, revisó su equipaje. Estaba listo para la mañana, colocado junto a la puerta principal. Colocó su bolso médico sobre la mesa junto a la puerta. Nunca iba a ninguna parte sin su bolso médico. Todo estaba listo para partir. Decidió llamar a Valerie antes de ducharse. No podía esperar otro minuto.

"Hola", dijo Valerie.

"Hola", dijo Marcus.

"Marcus", exclamó! ¿Estás listo?

"Sí", él respondió. "Solo estaba revisando mi equipaje y mi bolso médico. Estoy listo. no puedo esperar para verte. El teléfono es agradable, pero quiero abrazarte y sentirte cerca de mí.

"Yo también quiero eso. He estado en ascuas todo el día. Tenía miedo de que algo te impidiera venir. No podía soportar pensar en eso ". Valerie susurró al teléfono.

"Nada me va a detener. Estaré allí a las nueve de la mañana. El Dr. Pane me dijo que me cubriría otro día. ¿Cómo te sentirías si me quedara hasta el sábado?

"Sí, por favor." Ya estaba temiendo tu partida. Un día extra sería genial ". Valerie se apoyó en el mostrador de la cocina y miró por la ventana mientras hablaba por teléfono. "¡Qué demonios", exclamó!

"¿Qué sucede?" preguntó Marcus, llamando la atención.

"Alguien pasó por mi patio. Hay papel higiénico colgando de todos los árboles en la parte trasera de la casa", explicó Valerie.

Marcus se echó a reír. "Pensé que algo había pasado. Deja el papel. Yo lo limpio todo mañana. No quiero que te enredes con otra abeja. Puedo limpiarlo en poco tiempo. "¿Está bien?"

"Está bien, te lo dejo a ti. Ni siquiera quiero pensar en otra abeja, a pesar de que la última abeja nos reunió a nosotros ", reflexionó Valerie.

"Estoy agradecido de que estemos juntos, pero no quiero que nada interrumpa nuestra visita", dijo Marcus enfáticamente.

Valerie sonrió alegremente. Ella se abrazó a sí misma. No podía esperar a que Marcus llegara aquí.

"¿Sigues ahí? Preguntó Marcus.

"Si, aún estoy aquí. Estaba pensando en verte mañana. Estoy muy feliz de que vengas "

"Estaré allí, lo prometo. Nada hará que me aleje de ti.

Marcus estaba muy decidido a ver a Valerie. No había pensado en nada más en toda la semana. Se acercaba el momento de verla y estaba decidido y que nada iba a interferir.

"Voy a ducharme, comer algo y dormir temprano para poder comenzar temprano en la mañana. Sueña conmigo" dijo, sonriendo.

Buenas noches, Marcus. Siempre sueño contigo. Sueña conmigo, también. Te veré mañana".

Valerie colgó el teléfono y se sentó soñando con Marcus.

"Lo veré mañana", dijo, sonriendo, feliz.

CAPÍTULO SIETE

*V*alerie y Cindy abrieron la galería a las ocho de la mañana siguiente. Como Marcus llegaba a las nueve, Valerie no quería que nada retrasara su visita. Tenían casi todo en orden, cuando sonó el timbre de la puerta principal cuando alguien entró. Valerie miró por la puerta y vio a tía Emily mirando la exhibición de Italia. Parecía fascinada por eso. Valerie miró el reloj. Había pasado media hora.

"Hola tía Emily. ¿Qué haces afuera tan temprano? preguntó Valerie.

"Hola, Valerie. Sí, no duermo mucho. Parece que cuanto más envejezco, menos duermo. Solo quería ver cómo te va. Sé que te vas a tomarte tiempo libre para estar con tu amigo y quería atraparte antes de que te fueras. Tía Emily volvió a mirar la exhibición italiana.

"Estoy bien, tía Emily. ¿Te gustan estos? Mamá los envió desde Italia.

"¿Están a la venta?"

Sí, por supuesto. ¿Quieres comprar algunas de ellas?

"No, quiero comprarlas todos".

"¿Todas?" exclamó Cindy, que acababa de llegar del cuarto de atrás para unirse a ellos.

"Sí, todas". ¿Es un problema?

"No, está bien" Cindy, ¿podrías preparar las estatuillas para ella? Valerie comenzó a mover una de las figuras.

"Espera, antes de moverlas, ¿podrías tomar una foto del arreglo para mí para cuando los lleve a casa?" preguntó la Tía Emily.

"Claro. Solo déjame coger mi cámara ". Valerie fue al escritorio a buscar su cámara. Se inclinó hacia Cindy y le habló en un susurro. "Dale un veinte por ciento de descuento". Cindy asintió entendiendo y Valerie fue a tomar una foto de la exhibición.

Habían terminado la venta y tenían las estatuillas empacadas y listas para salir cuando Valarie miró hacia la puerta. Ella sorrió. El chico que cruzaba la puerta tenía que ser Marcus. Ella sonrió y se dirigió hacia la puerta. No tenían ojos para nadie más que para el otro. Valerie se acercó a él antes de detenerse.

"Hola Marcus.

"Hola, Valerie.

Marcus atrajo a Valerie a sus brazos para un abrazo. Se quedaron allí por un rato, abrazándose y mirándose a los ojos.

¿Estás lista para irnos? Preguntó Marcus.

"Sí, tan pronto como conozcas a Cindy".

Se giraron y se dirigieron al escritorio donde Cindy estaba terminando con tía Emily. Solo habían dado unos pasos cuando Marcus se detuvo abruptamente. Él estaba mirando a tía Emily como si hubiera visto un fantasma.

"Hola, madre", dijo con voz fría. "¿Qué estás haciendo aquí?"

"¡Madre!". exclamó Valerie. "¿Tía Emily es tu madre?"

"¿Por qué la llamas tía Emily?" Preguntó Marcus.

"Ella es mi madrina. Siempre la he llamado tía Emily". Valerie explicó.

Marcus se volvió para mirar a su madre.

"Hola Marcus. Estoy de visita aquí, pero estoy pensando en mudarme aquí. La madre de Valerie siempre ha sido mi mejor amiga.

Quería estar más cerca de ella ahora que tu padre y yo ya no estamos juntos.

"Escuché sobre el divorcio. "Lo siento", dijo Marcus.

"Yo no. Me alegra alejarme de tu padre y sus bimbos. Quiero tener una vida más pacífica ".

"Te deseo suerte, pero Valerie y yo tenemos planes. Te veré antes de volver a Denton", Marcus quería estar a solas con Valerie. No iba a dejar que su madre interfiriera. "¿Lista para irnos?" preguntó Valerie.

"Sí, déjame coger mi bolso", Valerie fue a la oficina a buscarlo. Regresó en un minuto, lista para irse. No quería que su tiempo con Marcus fuera interrumpido por nadie, ni siquiera por su madre.

Marcus la tomó de la mano cuando salieron por la puerta. Parecía que solo tenía que estar tocándola. Ella no se quejaba. Ella apretó su mano y le sonrió. Afuera, Marcus la conducía hacia su auto. Era un BMW plateado.

"¡Vaya!" dijo Valerie, deteniéndose para mirar su auto.

Marcus la guio hacia el lado del pasajero y le abrió la puerta. Valerie se deslizó en su asiento, admirando las suaves fundas de los asientos. Marcus entró en el lado del conductor y entró suavemente en el tráfico.

"Vaya auto", observó Valerie.

"Sí", acordó Marcus. "Cuando era joven, me conducían por todas partes, siempre en un gran automóvil negro. Me prometí a mí mismo que cuando pudiera conseguir mi propio auto, nunca sería negro ". Marcus miró a Valerie con una sonrisa. Él extendió la mano y reclamó la mano de ella.

"Bueno", dijo Valerie, riendo suavemente, "definitivamente no es negro".

Marcus se rio con ella. "Ahora, si me das instrucciones para llegar a tu casa, limpiaré el papel higiénico de tu jardín".

"Sabes, no tienes que hacer eso. Podemos simplemente conducir y ver los lugares de interés", dijo Valerie.

"Quiero asegurarme de que no encuentres más abejas. También quiero ver dónde vives, "Marcus miró de reojo a Valerie. "También estoy contando los minutos hasta que podamos estar solos y pueda besarte".

Como Valerie estuvo de acuerdo con Marcus sobre todo lo que dijo, ella rápidamente le dio instrucciones para llegar a su casa.

Se detuvieron en el patio delantero y se estacionaron frente a la casa. Después de que Marcus ayudó a Valerie a salir del auto, miró a su alrededor. Era una casa señorial antigua. Valerie también miró a su alrededor. Ella trató de ver la casa como Marcus la estaba viendo. Fue difícil ser objetivo. Para ella siempre había sido su casa.

"Es muy agradable", dijo Marcus. Se volvió y le sonrió a Valerie. Ahora llévame al papel higiénico. Él se rió. "Eso suena raro."

Valerie se rio con él.

"Está aquí atrás", dijo. Caminó alrededor de la casa hasta el patio trasero.

"Ay, ellos hicieron un trabajo minucioso".

"Sí, realmente se esforzaron en eso", estuvo de acuerdo Valerie. "Hay un rastrillo en el cobertizo de herramientas. Puedes usarlo para llegar al papel más alto".

"Suenas como si esto hubiera sucedido antes", observó Marcus, mientras iba a buscar el rastrillo y retiraba el papel de los árboles.

"Lo han hecho", estuvo de acuerdo Valerie. "Estoy bastante segura de conocer a los culpables. Simplemente no los he atrapado todavía, así que no puedo probar nada".

"Pues ni modo. Es solo una travesura inofensiva. Mientras el problema no se intensifique, no necesitas preocuparse". dijo Marcus. Terminó de recoger el papel y lo colocó todo en un gran bote de basura, provisto por Valerie. Puso la tapa del tarro y se volvió hacia ella.

"Ven aquí", dijo. Alcanzándola y atrayéndola a sus brazos. Valerie fue voluntariamente. Había estado esperando esto por casi una semana. Ansiaba que Marcus la abrazara y besara.

Marcus la acercó y, después de mirarla a los ojos por un momento, bajó la cabeza por su primer beso. El beso comenzó suavemente y luego se hizo más profundo y más sensual. Valerie gimió e intentó acercarse a Marcus. Marcus la obligó y le abrió la boca con la lengua. Valerie frotó su lengua contra la lengua de Marcus. El beso siguió y siguió. Finalmente, ambos tuvieron que retroceder para poder respirar profundamente.

"Wow", dijo Marcus. "Podría acostumbrarme a una dieta constante de esto". Acercó a Valerie y frotó la barbilla su pelo.

"Yo también", estuvo de acuerdo Valerie. Ella sonaba un poco sin aliento.

"Vamos adentro y para que te laves. Puedo ofrecerte algo de beber".

"Está bien", estuvo de acuerdo Marcus.

Entraron con las manos entrelazadas. Estaban muy juntos. No podían dejar de tocarse.

"Siento que te he conocido por siempre, como si fueras mi otra mitad. Eres tan hermosa. Marcus apartó el cabello de la cara de Valerie y la besó suavemente de nuevo.

Valerie apoyó la cabeza sobre su pecho y aspiró su aroma profundamente. Tenía un agradable aroma varonil. Era intoxicante. Ella se retiró a regañadientes. "El baño está dos puertas más abajo. ¿Está bien limonada?

"La limonada está bien", acordó Marcus mientras se dirigía al baño para lavarse.

Valerie se entretuvo sacando vasos del armario y la jarra de limonada de la nevera. Sirvió dos vasos de limonada con manos temblorosas. Se colocó la limonada y tomó un trago de su vaso. Levantó la vista y vio a Marcus acercándose a ella. La estaba mirando con una sonrisa. Valerie le devolvió la sonrisa.

"¿Qué quieres hacer esta tarde?" preguntó ella.

No me importa. Absolutamente todo lo que quieras hacer está bien. Solo quiero estar contigo, "Marcus tomó su mano y la frotó contra su mejilla. Él plantó un beso en su palma y cerró los dedos sobre él.

Valerie suspiró. Estaba tan feliz. No había nada que ella quisiera más que estar cerca de Marcus, pero sí quería mostrarle su ciudad.

Ella no sabía por qué. Simplemente parecía importante, de alguna manera.

Valerie tomó el vaso vacío de Marcus y lo puso en el fregadero con su vaso. Ella tomó su mano y lo guio hacia la puerta.

"Vamos," dijo ella. "Miraremos por los alrededores y almorzaremos en la ciudad".

Marcus permitió que Valerie lo llevara a su auto y él le abrió la puerta.

"Está bien", dijo mientras arrancaba el auto. "¿A dónde vamos?"

"Podemos volver por la ciudad. Señalaré cosas de interés. Luego podemos almorzar en el Gallo de Bantam. Es un lugar muy popular para comer. La comida es muy buena allí." Valerie sonrió a Marcus mientras jugaba con los dedos.

"El Gallo de Bantam", repitió Marcus con una sonrisa.

"Sí", coincidió Valerie, "El Gallo de Bantam."

CAPÍTULO OCHO

*V*alerie y Marcus condujeron por la calle principal. Señaló la cafetería, la farmacia y la ferretería.

Ella lo llevó más allá de la escuela primaria y la escuela secundaria. Pasaron la universidad y luego vinieron al hospital.

"¿Te gustaría entrar y mirar a tu alrededor? Podríamos toparnos con el Dr. Steel. dijo Valerie.

"Tal vez más tarde, sólo quiero pasar tiempo contigo", respondió Marcus.

Valerie abrazó su brazo y se acercó tan cerca de él como el cinturón de seguridad lo permitía.

"¿Por qué no nos dirigimos a tu Gallo de Bantam y vemos lo que están sirviendo para el almuerzo?"

"Está bien", respondió Valerie. "Sigues por tres cuadras y tomas a la derecha, vas al final de la carretera y estarás en el centro comercial. El Gallo de Bantam está dentro del centro comercial."

Marcus siguió sus instrucciones y pronto se detuvo en el área de estacionamiento del centro comercial. Salieron del auto y, después de cerrarlo, entraron en el centro comercial.

"El Gallo de Bantam tiene una parte abierta, pero me gusta caminar por el centro comercial", comentó Valerie.

Marcus puso su brazo alrededor de su hombro y la acercó mientras caminaban y miró las diferentes tiendas y los artículos expuestos. Se detuvieron a estudiar algunas cosas y a reírse de otras. Valerie estaba disfrutando del paseo y la cercanía con Marcus. Marcus estaba absorto en Valerie y estando cerca de ella. No le importaba dónde estaban mientras estuvieran juntos.

"Aquí está el café", dijo Valerie, deteniéndose en la puerta del Gallo de Bantam.

Marcus abrió la puerta y entraron. Había mucha gente allí, pero no estaba lleno, así que se dirigió a una mesa y se sentaron a esperar a la camarera. No tuvieron que esperar mucho.

"Hola, Valerie, ¿quién es el chico?" preguntó a la camarera.

"Hola, Dianne. El chico es mi amigo Marcus. Marcus, ella es Dianne. Dianne y yo fuimos juntas a la escuela". dijo Valerie.

"Hola, Dianne. Encantado de conocerte", dijo Marcus cortésmente.

"¿Qué van a tomar?" preguntó Dianne.

"¿Hizo Linda olla de gumbo?" dijo Valerie.

"Sí, se está cocinando a fuego lento en la estufa", respondió Dianne.

"Eso es lo que quiero, con un vaso de té helado", respondió Valerie.

"Tomaré lo mismo". dijo Marcus.

"Van saliendo", dijo Dianne mientras tomaba los menús y se iba. Volvió en unos minutos con sus órdenes.

"Algo huele bien", observó Marcus.

"Sí", dijo Valerie. "Linda hace el mejor gumbo de por aquí. Siempre está lleno de gente aquí cuando se corre la voz de que están cocinando gumbo. Creo que la gente lo huele por toda la ciudad y se apresura a conseguirlo antes de que se acabe.

Ella sonrió a Marcus y sumergió su cuchara en su gumbo para saborear el primer bocado. Ella dio un gran suspiro y Marcus se rió de su expresión, pero pronto estaba saboreando su propio gumbo con una expresión similar. No hablaron por unos minutos. Ambos estaban disfrutando de su comida.

Valerie miró a Marcus y sonrió. "Sabes, si le decimos a alguien cómo nos conocimos, no nos creerían", dijo. "Me sorprende que lo creas en absoluto. Yo habría pensado, siendo tú un médico, que serías más escéptico. Miró a Marcus intrigada.

"Probablemente lo habría hecho hace unos meses", respondió Marcus.

"¿Qué pasó hace unos meses para cambiar tu pensamiento?" dijo Valerie.

"Bueno, yo tenía estos dos pacientes. Ambos estaban en coma. La chica había tenido un accidente y el hombre tenía un aneurisma. Cuando se despertaron, dijeron que se habían conocido mientras estaban en sus comas y se enamoraron. Les hice todas las pruebas y están bien. Las enfermeras juran que es la magia del amor. Fui a su boda la semana pasada. Están muy contentos".

"Eso es increíble", dijo Valerie. Ella miraba a Marcus asombrada, mientras contaba su historia. "No acaba de inventar eso? ¿Ha sucedido realmente?

"Sí, realmente sucedió. Me he hecho amigo de ambas familias. Tal vez tengas la oportunidad de conocerlos. Sé que les encantaría. Son familias muy amables."

"Me gustaría conocerlos", dijo Valerie, "cuando mis padres regresen de Italia, para que pueda escaparme para una visita".

Valerie y Marcus habían estado tan absortos en sí mismos y su conversación, que no habían notado a alguien acercándose a su mesa.

"Hola" Valerie y Marcus miraron hacia arriba sorprendido por la interrupción.

"Hola, Dr. Steel", saludó Valerie con una breve sonrisa.

"Te vi aquí y pensé que vería cómo estás", respondió el Dr. Steel.

"Estoy bien. Este es mi amigo, Marcus. Marcus, él es el Dr. Steel.

"Dr. Drake," respondió el Dr. Steel. Extendió su mano a Marcus:

"Es un placer conocerte. Quiero darle las gracias de nuevo por llamarme".

Marcus estrechó la mano del Dr. Steel y se inclinó hacia atrás en su silla. Me alegro de haber podido ayudar. Valerie es muy importante para mí", dijo, mirando con amor a Valerie.

"¿Cuánto tiempo vas a estar en la ciudad?" preguntó el Dr. Steel.

Marcus miró al médico extrañado. "¿Cómo sabías que era de fuera de la ciudad?"

"Mis enfermeras te buscaron en internet. Dijeron que vivías en Denton y que eras un verdadero tipo. Creo que hiciste algunos fans", dijo el Dr. Steel con una sonrisa.

Valerie se rio. "Es un tipo, pero él es mi tipo. Dile a tus enfermeras que está tomado." Valerie apretó la mano de Marcus. Marcus le sonrió.

"Me aseguraré de decirles", dijo el Dr. Steel. "Les dejaré volver a su comida. Cuando quieras un tour por el hospital avísame. Te mostraré los alrededores", le aseguró a Marcus, quien asintió con la cabeza.

"Bueno", dijo Valerie, "tienes que conocer al Dr. Steel. ' ¿Qué opinas de él?'

"Creo que me alegro de que ya no sesas su paciente. Es demasiado guapo. Quiero tu atención en nuestra relación. No quiero que alguien más te distraiga", respondió seriamente.

Valerie le apretó la mano. No tienes que preocuparte por mí. Nunca he sentido por nadie cómo me he sentido desde que te conocí. Incluso antes de conocernos, me sentía así. Somos almas gemelas", respondió seriamente.

"Sí, lo somos", coincidió Marcus.

Marcus miró a su alrededor. El restaurante se despejaba cuando la gente terminaba sus comidas y se iba. "Salgamos de aquí", instó a Valerie.

Valerie sonrientemente accedió. Ella dejó su servilleta y se levantó al tiempo que Marcus dejó algo de dinero para la camarera. Ya había pagado su cuenta. Sus manos se juntaron automáticamente cuando llegaron a la puerta. Marcus la acercó mientras volvían al centro comercial y salían hacia su coche.

"Necesito que me registren en un motel", dijo Marcus, cuando estaban en la carretera de nuevo. "¿Sabes cuáles son buenos?"

"Hay un bed and breakfast justo adelante. La señora que lo dirige va a nuestra iglesia. Creo que es un lugar agradable. ¿Quieres comprobarlo?"

"Está bien", estuvo de acuerdo Marcus.

"Debería advertirte", dijo Valerie con una pausa. Marcus la miró con cautela. "Tu madre se queda allí."

"Oh", respondió Marcus. Él se encogió de hombros. "No importa. Supongo que tendremos que hablar en algún momento. No es que voy a pasar mucho tiempo allí.

Valerie y Marcus salieron del bed and breakfast luego, después de guardar la maleta de Marcus en su habitación. Mantenñia su bolsa de doctor en su auto. Marcus estaba feliz con su habitación. Sabía que pasaría la mayor parte de su tiempo con Valerie, así que sólo necesitaba un lugar para dormir. Este lugar funcionaría bien. Hasta ahora, no había habido señales de su madre y se alegró. No estaba listo para tratar con ella. Todavía era difícil para él hacerse la idea de que ella fuera la madrina de Valerie. Parecía que tenía que ponerse al día en algo. Lo pensaría más tarde. En este momento, sólo se iba a concentrar en Valerie. Su tiempo era demasiado corto. Ya temía tener que dejarla. Ni siquiera quería pensar en ello.

¿Quieres ir a ver una película? él preguntó.

"Preferiría alquilar una película e ir a mi casa. Podemos hacer palomitas de maíz y acurrucarnos en el sofá mientras la vemos".

"Eso suena como un plan". ¿De dónde sacamos una película?"

"Hay un quiosco de películas frente a la farmacia. Podemos ver qué está disponible". Valerie lo dirigió a la farmacia.

"Quiero algo aterrador, pero no demasiado aterrador. No quiero tener pesadillas", comentó Valerie.

"Estaré encantado de asustar a tus pesadillas", dijo Marcus. Se frotó la mejilla en el pelo de ella y le dio un pequeño beso en la parte superior de su cabeza.

Valerie le sonrió y se acurrucó más cerca. No habría pesadillas, sólo buenos sueños, con Marcus a su alrededor. Tal vez soñaría con su vida pasada. Ella creía firmemente que habían estado juntos antes. Ella no sabía lo que los había separado antes, pero iba a asegurarse de que nada los mantuviera separados en esta vida.

CAPÍTULO NUEVE

*M*arcus miró alrededor de la sala de estar las fotos de la familia de Valerie mientras ella hacía palomitas de maíz. El estante sobre la chimenea tenía un gran despliegue de fotos familiares por todo lado. Había varias fotos de Valerie en diferentes edades. Él sonrió. Incluso con frenillos, ella siempre había sido hermosa. Estudió la foto de familia. Había una pareja mayor. Deben ser su mamá y su papá, pensó. Había un niño, un poco mayor que Valerie y otra niña, que era más alta que los otros dos niños. Caminó por la fila estudiando las imágenes a medida que avanzaba.

"Aquí están las palomitas de maíz", Valerie trajo un tazón grande y dos vasos de limonada, en una bandeja. Los pusó en la mesa frente al sofá y se giró para ver a Marcus mirando fotos familiares.

"Es mi hermano y mi hermana", dijo, cuando vio a quién estaba mirando. "Mi hermano se casó con una chica de Nueva Zelanda y decidió volver allí y criar ovejas en una granja que su padre la dejó cuando murió. Mi hermana es abogada. Ella está practicando en Anchorage, Alaska. A ella le encanta allí, pero viene de visita aquí una vez al año".

Marcus la tomó de la mano y la condujo al sofá. "Las palomitas huelen muy bien", dijo. Se sentó y haló a Valerie a su lado.

Valerie tomó el control remoto e hizo clic en la película. Mientras se reproducían los avances, miró a Marcus con seriedad. "¿Qué pasa entre tú y tu madre? Ni siquiera sabías que tenía una ahijada". Miró a Marcus intrigada.

"Simplemente no la conozco muy bien. Cuando era pequeño, ella y papá nunca estaban cerca. Tenía una niñera y un tutor. Me cuidaron y me proporcionaron todo lo que necesitaba. La única vez que vi a mis padres fue cuando tenían una fiesta. Me sacaban y me exhibían a todos los invitados. Me fui a la universidad y me mantuve alejado tanto como pude. Tuvimos un gran desacuerdo entonces y no he vuelto. No los he visto en un par de años. Ninguno de los dos me contó nada de lo que estaba sucediendo en sus vidas. Hice mi vida por mí mismo en Denton. He sido más feliz allí que en cualquier otro lugar, y he hecho algunos buenos amigos. Y ahora te tengo a tí".

Marcus tomó su cara en sus manos y se inclinó para besarla. El beso pronto se hizo más profundo cuando Valerie cooperó plenamente. Ella estaba muerta de hambre por sus besos. Ella le quitó la camisa y le pasó las manos por la espalda. Él se sintió genial. Marcus le pasaba las manos por los hombros y la espalda, mientras devoraba su boca.

Valerie gimió. Se apoyó en los brazos de Marcus y le devolvió el beso con entusiasmo. La película continuó, olvidada. Tenían cosas mucho más importantes en mente, ahora.

Marcus movió su rostro hacia un lado para tener espacio para que respiraran. No movió los brazos. Continuó abrazando a Valerie. Podía escuchar su corazón latir rápido, casi tan rápido como latía el suyo. Le asustaba pensar que tal vez no se hubieran conocido, excepto por la picadura de abeja.

"Tendríamos que habernos conocido, estaba destinado", dijo Valerie, en respuesta a su pensamiento sordo.

"¿Eres una lectora de la mente, ahora?" bromeó Marcus.

"No, parece que sé cómo te sientes. Te amo. Sé que esto es

rápido, pero sé que somos el uno para el otro. Siento que te he conocido por siempre. Creo firmemente que somos almas gemelas".

"Yo también te amo. Se lo que quieres decir. Desde que escuché tu voz, he estado ansioso por contactarte. Era como si algo me obligara a apurarme ... Yo también creo firmemente que somos almas gemelas. Nunca te voy a dejar ir. Vamos a resolver las cosas, porque me niego a estar sin ti".

Marcus la besó brevemente. Él la miró a la cara y le alisó el pelo hacia atrás.

"Debemos estar juntos", respondió.

"Sí", estuvo de acuerdo Valerie. Ella abrazó a Marcus con fuerza y acurrucó su rostro en su pecho. Él se sintió tan bien. Ella no quería dejarlo ir, ni siquiera para ver la película o comer palomitas de maíz. La película hizo un ruido fuerte de fondo mientras se acurrucaban y besaban un poco más.

Cuando escucharon los sonidos al final de la película, Marcus miró hacia la televisión. "Será mejor que te deje dormir un poco. Se está haciendo tarde. ¿Qué quieres hacer mañana? Marcus se apartó y comenzó a ponerse de pie. Cogió la mano de Valerie y la hizo ponerse de pie también.

"No me importa", dijo Valerie. Yo solo quiero estar contigo. Ya pensaremos en algo mañana ".

"Está bien", estuvo de acuerdo Marcus.

Caminaron hacia la puerta y se detuvieron para otro beso prolongado. "Cierra la puerta detrás de mí y te veré mañana", Marcus la besó brevemente en la nariz.

"Está bien", estuvo de acuerdo Valerie. "Llámame cuando llegues al bed and breakfast".

"Lo haré. Buenas noches. Sueña conmigo," Marcus salió por la puerta. Se detuvo para esperar el sonido de la cerradura girando antes de ir a su auto. Condujo hasta el bed and breakfast. No había nadie cerca cuando entró, así que fue directamente a su habitación. Se quitó los zapatos, se recostó en la cama y llamó a Valerie.

"Hola", dijo Valerie.

"Hola, ya te extraño", dijo Marcus.

Yo también te extraño. ¿Viste a tu madre?

"No, no había nadie alrededor cuando entré. Fui directamente a mi habitación ", Marcus miró a su alrededor mientras conversaba con Valerie. Era una habitación agradable. Un poco anticuada, pero agradable. Definitivamente no era a lo que su madre estaba acostumbrada. Él se preguntaba qué estaría haciendo ella allí. Tendría que hablar con ella por la mañana y averiguarlo.

"Te amo", dijo Marcus.

"Yo también te amo", dijo Valerie. "A dormir. Te veré por la mañana.

Buenas noches, Marcus.

"Buenas noches", susurró Valerie mientras colgaba el teléfono.

Marcus se levantó temprano a la mañana siguiente. Después de bañarse y bajar a desayunar, descubrió que su madre ya estaba levantada y en la mesa. Ella era la única allí, por lo que Marcus decidió que podría ser un buen momento para terminar su conversación.

"Buenos días, madre", saludó Marcus.

Emily miró a su alrededor sobresaltada. Había estado absorta en sus pensamientos y no había sido consciente de que Marcus estaba acercándose.

"Marcus, no sabía que te quedabas aquí", respondió Emily.

"Sí, solo por un par de noches. Tengo que volver a Denton y al hospital ", respondió Marcus. Hizo una pausa y la estudió, pensativo, por un momento. Marcus fue al aparador y llenó un plato con fruta, huevos y salchichas. Miró las galletas y las tostadas y luego decidió probar una galleta. Tomó su plato y volvió a la mesa. Deslizándose en una silla frente a su madre para que se enfrentaran, Marcus tomó su tenedor y comenzó a desayunar.

"¿Por qué tú y papá decidieron divorciarse?" él preguntó.

"Solicité el divorcio. Estaba cansada de que me engañara. Su asistente es solo su última bimbo. Ha habido otras por años. He tratado de mantener la apariencia y hacerme de la vista gorda, pero estaba harta de sus últimas escapadas. La estaba paseando en público como si yo no importara. Le dije que ya había tenido suficiente. Que solicitaría el divorcio y alegaría adulterio si me daba problemas. Después de todo, el dinero con el que ha estado jugando todos estos años era mío".

Marcus pareció sorprendido. "No sabía sobre el dinero". Él se encogió de hombros. No, realmente nunca pensé acerca de eso. Supongo que asumí que el abuelo lo ayudó a comenzar".

"Tu abuelo le dio algo de dinero. Lo perdió todo especulando. Luego usó lo que había aprendido, y mi dinero, para hacer su fortuna. Tu abuelo no le hubiera dado más dinero. Incluso inmovilizó tu fondo fiduciario para que su padre no pudiera acceder a él. Quería asegurarse de que tuvieras un comienzo en la vida y no confiaba en tu padre.

"Ya veo", dijo Marcus, pensativo. "Me había preguntado sobre eso. Me alegro que lo haya hecho. No creo que papá estuviera muy feliz con mis elecciones. No se sabe cuántos problemas me habría dado si hubiera tenido el control de mi dinero ".

"Sí", estuvo de acuerdo Emily. Miró a Marcus pensativamente. "Quiero decirte lo orgullosa que estoy de ti y de todo lo que has logrado. Sé que no he estado allí para ti y tomé la decisión equivocada de seguir a tu padre, pero me alegro de que te hayas defendido e hiciste lo correcto para ti ".

"¿Por qué estás aquí en Rolling Fork?" Preguntó Marcus.

"Vine aquí porque la madre de Valerie, Melanie, es mi mejor amiga. Éramos compañeras de cuarto en la universidad y nos hemos mantenido en contacto. Ella fue mi dama de honor en mi boda y yo fui su matrona de honor. Luego me pidió que fuera la madrina de Valerie. Entonces, cuando decidí divorciarme de tu padre, me mudé aquí donde estaría cerca de Melanie. Estoy buscando una casa para rentar. No he encontrado nada hasta ahora, pero tengo un agente de bienes raíces buscándome una".

"Ya veo", dijo Marcus, pensativo.

Ambos hicieron una pausa en su conversación para comer. La comida era muy buena. Marcus terminó su plato y bebió su jugo. Se apartó de la mesa y comenzó a levantarse.

"¿Es algo serio entre tú y Valerie?" preguntó Emily.

"Sí", respondió brevemente.

"Ya veo", dijo Emily. Ella sonrió. "Bueno, no te retendré. Que tú y Valerie la pasen bien hoy".

"Gracias. Lo haremos", respondió Marcus. "Me alegro de que hayamos hablado. Te veré luego".

Marcus corrió hacia su auto. No sabía cómo se sentía acerca de toda la información de su madre. Había pasado demasiado tiempo y ya no necesitaba su aprobación. Él no quería pensar en ella ahora. Quería concentrarse en Valerie. Solo un día más y debía regresar al hospital. Marcus suspiro. Sería como sacarle el corazón, el estar lejos de Valerie. Ya estaba pensando en cuándo podría escapar de nuevo o cuándo ella podría ir a visitarlo. Sabía que ella no podría escapar hasta que sus padres regresaran de Italia.

Marcus se detuvo en el camino de entrada a la casa de Valerie y salió de su auto. Estaba pensando tan profundamente, que llegó rápidamente. Se dirigió hacia la puerta, pero Valerie la abrió antes de tocar el timbre. Ella caminó directamente a sus brazos y levantó la cara para su beso.

"Te extrañé", suspiró.

"Yo también te extrañé", dijo Marcus mientras llenaba de besos toda su cara y cuello.

Valerie se alejó un poco, lo atrajo hacia adentro y cerró la puerta. Ella apretó sus brazos alrededor de él y continuó besando su rostro y mentón.

"¿Ya comiste?" susurró Valerie.

"Sí, comí mientras mamá y yo hablábamos. Tuvimos una buena charla. Tal vez, después de un tiempo, podamos acercarnos más," Marcus continuó besando a Valerie mientras hablaba.

"Me alegro", dijo Valerie. Estaba un poco preocupada y realmente no estaba prestando atención a nada más que besarse y estar tan cerca de Marcus como podía.

"¿Quieres ir de picnic?" dijo Valerie.

Marcus retrocedió un poco y miró a Valerie. "Sí", respondió. "Un picnic suena como una buena idea. Podemos estar solos Realmente no quiero estar cerca de mucha gente en este momento. tenemos tan poco tiempo Yo solo quiero estar contigo.

"Yo también", dijo Valerie. "Hay un lago al norte de aquí. Está cerca de la reserva indígena. Tiene algunos lugares perfectos para picnic y probablemente estarán desiertos hoy. La mayoría de la gente estará en el trabajo ".

"Suena perfecto", coincidió Marcus. "¿Necesitas ayuda para prepararte?"

Valerie sonrió. "Tengo todo listo. Estaba segura de que te gustaría la idea.

' Sí. Me gusta mucho la idea ", coincidió Marcus, dándole un último beso en la punta de la nariz antes de alejarse para ayudar con los suministros para el picnic.

Marcus y Valerie cargaron una gran canasta de picnic, llena de comida, bebidas, vasos y utensilios, en el baúl del auto de Marcus. Valerie agregó una colcha grande y estaban listos para partir.

CAPÍTULO DIEZ

*V*alerie dio instrucciones mientras atravesaban la ciudad y salían a la carretera. Ella lo dirigió hacia el desvío en dirección norte hacia el lago. Era un día hermoso. Marcus bajó las ventanas y ambos disfrutaron del viento cálido que soplaba en sus cabellos. Valerie levantó la cara y se echó a reír al viento. Marcus sonrió en respuesta.

Llegaron a la vuelta hacia el lago y se dirigieron al área de picnic.

"La tierra a la derecha pertenece a la reserva indígena", explicó Valerie.

Marcus miró brevemente, pero mantuvo su atención en el camino. No estaba familiarizado con el área y no quería tener contratiempos.

Encontraron un lugar agradable cerca del agua y lo reclamaron para ellos. El lugar parecía desierto. Valerie extendió la manta, pero cuando comenzó a buscar la comida, Marcus la detuvo. "Vamos a dar un paseo primero. Podemos aumentar el apetito". dijo Marcus.

"Está bien", estuvo de acuerdo Valerie.

Marcus la tomó de la mano y comenzaron a caminar por la orilla. En cualquier otro momento, Valerie habría estado recolectando rocas o conchas, pero quería estar cerca de Marcus. No podía soportar no tocarlo.

Marcus estaba igual. Tenía que sentir a Valerie cerca de él. Era como una compulsión hacia él. Él la miró a la cara y se preguntó cómo había sobrevivido sin ella. Ella era tan querida por él en tan poco tiempo.

Se detuvieron, sorprendidos de ver a una mujer indígena mayor sentada en la orilla, pescando. Ella les sonrió mientras se acercaban.

"Hola", saludó Valerie. "¿Estás pescando algún pez?"

"Sí", dijo la mujer. "Están mordiendo muy bien. Tendremos pescado esta noche". La mujer los miró por un minuto y luego sonrió de nuevo. Me alegro de que se hayan vuelto a encontrar. Espero que todo les salga bien esta vez.

Sorprendido, Marcus solo la miró. Valerie sonrió. "¿Qué quieres decir?" Preguntó Marcus.

"Cada vez que se han encontrado en sus diferentes vidas, algo siempre interfiere y los mantiene separados. Espero que puedan permanecer juntos esta vez.

Marcus se quedó sin palabras. Valerie simplemente siguió sonriendo. "Lo solucionaremos esta vez", prometió.

"Hola" Ahí estás, abuela," dijo una voz.

Marcus y Valerie levantaron la vista, sorprendidos de ver al Dr. Steel acercándose a ellos. Él sonrió y los saludó. Abrazó a su abuela con cariño.

"Abuela, esta es mi paciente Valerie Mason y su amigo el Dr. Marcus Drake. Marcus, Valerie, esta es mi abuela, Luna Caminante.

"No sabía que eras indígena", dijo Valerie con una sonrisa. "Creo que debería haberlo hecho, pero nunca se me ocurrió".

"Mi madre es la hija de Luna Caminante. Mi padre es blanco Mi abuela es la curandera de la tribu. Supongo que ella es la razón por la que me convertí en médico", respondió el Dr. Steel.

"Ella simplemente nos dijo que habíamos llevado otras vidas antes de esta y que no lográbamos permanecer juntos", dijo Valerie.

"Puedes creer lo que ella dice. Ella tiene la vista", respondió el Dr. Steel con seriedad.

"Entonces, ¿le crees?" dijo Marcus.

"Sí", confirmó el Dr. Steel. Ella siempre tiene razón con sus predicciones. La tribu siempre ha dependido de ella para recibir orientación".

"Eso es maravilloso", dijo Valerie. Miró a Marcus y le apretó la mano. "Te dije que somos almas gemelas".

Marcus sonrió y le apretó la mano. "Sí, lo hiciste", estuvo de acuerdo.

"¿Estás lista para irnos, abuela? Te ayudaré a limpiar esos peces si los compartes conmigo", instó suavemente el Dr. Steel a su abuela.

"¡Si! Estoy lista. Siempre eres bienvenido a compartir mi mesa, Lobo Corredor".

El Dr. Steel parecía avergonzado, pero orgulloso de ser llamado por su nombre indígena.

La abuela miró a Valerie y Marcus. "Me alegro de conocerlos a los dos. Aférrense fuerte el uno al otro. Ustedes dos comparten el sueño del amor. No dejen que nada los mantenga separados. La abuela no esperó una respuesta de ellos, pero sacó su cuerda de pescar del agua y se fue a encontrar el camino a casa.

El Dr. Steel se despidió y rápidamente siguió a su abuela.

Marcus y Valerie se abrazaron durante un minuto antes de volver a su picnic.

Marcus y Valerie volvieron a su edredón y se acomodaron un rato antes de sacar la canasta de picnic. Marcus se sentó y acercó a Valerie a sus brazos. Pasaron varios minutos abrazados y pensando en las cosas que Luna Caminante había dicho. Valerie le sonrió a Marcus.

"Vamos a estar juntos. No dejaremos que nadie nos mantenga separados. Sé que tenemos problemas que superar, pero los resolveremos. Lo prometo," susurró ella mientras le acariciaba la cara.

"Me niego a siquiera considerar no tenerte en mi vida", Marcus la abrazó y declaró: "Somos el uno para el otro".

Marcus la besó larga y profundamente. Valerie no protestó. Ella participó plenamente. Después de una larga y satisfactoria sesión de besos, Marcus recuperó la cesta de picnic del automóvil y se dieron un festín con todas las cosas ricas que Valerie había empacado para su almuerzo.

Terminaron de comer y limpiaron, luego volvieron a guardar la canasta en el auto y se acomodaron en la colcha para descansar un rato antes de regresar a casa. Ninguno de los dos tenía prisa por abandonar el lugar para irse a casa. Querían estar solos y saborear su propia compañía. El momento de que Marcus se fuera se acercaba. Ninguno de los dos quería pensar en eso. Finalmente, cuando comenzaba a oscurecer, se levantaron y llevaron la colcha al auto antes de regresar a la casa de Valerie.

Para Marcus, el viaje fue demasiado corto. Llegaron a la casa de Valerie demasiado rápido. Salieron del auto con Marcus cargando la canasta de picnic y Valerie la colcha, luego entraron a la casa. Marcus llevó la cesta a la cocina y Valerie dejó la colcha en la lavandería. Cuando Marcus comenzó a vaciar la canasta, Valerie le cogió la mano.

"Lo limpiaré más tarde", dijo. Ella tiró de su mano y lo guió a la sala de estar. Una vez allí, se acomodó en el sofá y le indicó a Marcus que se uniera a ella. Marcus se acomodó detrás de ella y la atrajo hacia él. La abrazó y frotó su mejilla sobre su cabeza.

"Tu cabello huele bien", dijo. "Podría sentarme aquí toda la noche, solo abrazándote".

"Yo también." Ella se giró ligeramente para poder mirarlo a la cara.

"Tan pronto como mis padres lleguen a casa, me tomaré un tiempo libre para poder ir a Denton. Quiero ver donde vives. Quiero conocer a tus amigos, pero, sobre todo; Sólo quiero estar contigo."

"Yo también quiero eso. Te voy a extrañar como un loco. Si pudiera tener tiempo libre, estaría aquí más. El hospital está muy ocupado ahora. Tenemos un par de doctores fuera. Uno está enfermo y el otro tuvo una emergencia familiar. Te avisaré cuándo pueda tener más tiempo libre. Marcus suspiro. No quería soltar a Valerie. Se había convertido en su vida en tan poco tiempo. Quizás todos tenían razón. Tal vez se habían conocido en otra vida. Bueno, no importaba lo que había pasado en tiempos de la vida pasada. Esto era ahora, y no iba a perder a Valerie.

~

Marcus se despertó lentamente. Seguía en el sofá, sosteniendo a Valerie cerca en sus brazos. Debo haberme dormido. Miró las ventanas y la luz entraba por ellas. No quería moverse. Él apretó su brazo alrededor de Valerie y la abrazó con fuerza. Él no la despertó. Solo quería abrazarla. Tendría que irse a la hora del almuerzo y sabía que sus brazos se sentirían tan vacíos sin Valerie en ellos.

Valerie se despertó lentamente. Miró a Marcus.

"Una chica podría acostumbrarse a esto", dijo en broma.

"Cada vez que quieras dormir en mis brazos, ellos te estarán esperando", Marcus frotó su rostro sobre su cabello y lo besó en la parte superior de su cabeza.

"Creo que nos quedamos dormidos", Valerie bostezó ampliamente. "¡Oh, Dios!" Se cubrió la boca con la mano.

Marcus solo sonrió. ¿Por qué no vas a darte una ducha y te cambias? Podemos ir al bed and breakfast y comer. Necesito ducharme, cambiarme y recoger mi equipaje ".

"Está bien", estuvo de acuerdo Valerie.

Marcus la soltó a regañadientes cuando se levantó para ir a bañarse.

"No tardaré", Valerie le aseguró mientras se inclinaba para un beso rápido. "La cafetera está lista. Lo encenderé y me voy a alistar.

"Puedes irte ya. Yo encenderé el café", Marcus le indicó que continuara.

Valerie estuvo de acuerdo y se fue. Marcus encontró la cafetera y la encendió. Se subió a un taburete en el mostrador y se acomodó para esperar el café.

El café estaba listo y Marcus estaba sirviendo dos tazas cuando

Valerie regresó. Valerie se sentó en el mostrador con Marcus y tomó un sorbo de café. "Ummm", saboreó el olor y el sabor.

Marcus sonrió y bebió de su propia taza. "Esto es bueno", estuvo de acuerdo con Valerie.

Hablaron en voz baja mientras terminaban sus bebidas. Ambos eran reacios a comenzar porque sabían que se acercaba el momento de la separación.

Cuando habían vaciado sus vasos, Valerie los llevó al fregadero y los enjuagó. Luego los dejó en el escurridor y se volvió hacia Marcus. "Creo que tenemos que ir y dejar que te prepares", dijo de mala gana.

"Supongo", respondió Marcus. "Probablemente desayunaremos con mi madre. Supongo que necesito despedirme de ella.

Valerie le tomó la mano. ¡Vamos! No será tan malo Estaré allí.

"Sí, lo harás", acordó Marcus.

Estaba a solo unos minutos en coche del bed and breakfast. Pronto estaban entrando por la puerta principal. Marcus miró a su alrededor. No veo a nadie. Puedes esperarme en el comedor. No tardaré mucho", prometió.

Marcus comenzó a subir a su habitación y Valerie se dirigió hacia el comedor.

La madre de Marcus estaba en la mesa, disfrutando de su desayuno.

"Hola, tía Emily", dijo Valerie.

"Hola, cariño. ¿Dónde está Marcus?

"Se fue a duchar y cambiarse. Él también está recogiendo su maleta. Tiene que irse hoy y volver a trabajar en el hospital", explicó Valerie.

"Oh, no sabía que se iría tan pronto". Emily frunció el ceño. "Esperaba tener más tiempo para hablar con él".

"Lo harás", respondió Valerie. "Él volverá pronto. Siempre puedes hacer un viaje a Denton conmigo cuando mis padres regresen de Italia. Iré a visitar a Marcus. Quiero ver su ciudad y conocer a sus amigos.

Emily miró a Valerie pensativamente. "Me gustaría eso", respondió en voz baja.

Marcus entró en la habitación en silencio. Había dejado su maleta junto a la puerta principal.

"Hola madre". Se volvió hacia Valerie y le tomó la mano. ¡Vamos! Llena un plato. Ha pasado mucho tiempo desde nuestro picnic de ayer".

"Estoy muerta de hambre", estuvo de acuerdo Valerie.

Ambos apilaron comida en sus platos y regresaron a la mesa para sentarse uno al lado del otro. Estaban lo suficientemente cerca como para tocarse cuando cualquiera de ellos se movía.

Marcus miró a su madre. "¿Has tenido suerte de encontrar una casa?"

"Todavía no, pero todavía estoy buscando. Valerie me invitó a una visita a Denton cuando sus padres regresen.

Marcus miró a Valerie y ella se encogió de hombros. Volvió su atención a su madre.

"Serías bienvenida. Tengo algunos amigos a quienes les encantaría conocerte. Son grandes personas y mejores amigos ".

Emily parecía sorprendida. No sabía qué esperar cuando se le ocurrió la idea de una visita, pero estaba ansiosa por ver dónde Marcus había hecho su hogar.

Pronto terminaron su desayuno. Valerie y Marcus llevaron sus platos a la cocina. Marcus también tomó el plato de su madre. Miró su reloj. Todavía me quedan un par de horas antes de irme. Déjame guardar mi equipaje en el auto y podemos pasar por la galería. Puedes mostrarme los alrededores. Nunca tuvimos la oportunidad el día que llegué ".

"Está bien", estuvo de acuerdo Valerie.

"Adiós madre. Nos vemos pronto".

Adiós, Marcus. Maneja con seguridad.

Emily los observó desde la ventana delantera mientras guardaban la maleta en el maletero. Marcus abrió la puerta del pasajero para Valerie y la ayudó a abrocharse el cinturón de seguridad. Rodeó el auto y se subió al asiento del conductor. Pronto desaparecieron de la vista. Emily suspiro. Sabía que tenía un largo camino por recorrer, para tener una relación con Marcus, pero se habían hecho algunos progresos. Ella solo tenía que ser paciente.

Marcus y Valerie pronto entraron a la galería. Cindy asomó la cabeza por la habitación de atrás para ver quién había entrado.

"Soy solo yo", dijo Valerie. "Pensé en mostrarle a Marcus la galería antes de que se fuera".

"Hola, solo yo. ¿Te lo has pasado bien en tus días libres? preguntó Cindy.

'Oh sí. La pasé muy bien. Fue demasiado corta". Ella abrazó a Marcus y tomó su mano para comenzar el recorrido por la galería.

Cindy entró en la trastienda y los dejó a su gira. Caminaron lentamente con Valerie señalando cosas de interés. Había algunas cosas que le gustaban especialmente y otras que no le importaban. Ella trató de ser objetiva, pero Marcus aprendió mucho sobre su gusto escuchando.

El tiempo pasó demasiado rápido para Valerie y Marcus. Marcus se detuvo y giró a Valerie para mirarlo.

Te echaré de menos. Mis brazos ya se sienten vacíos pensando en irme. La atrajo hacia sí y la besó profundamente. Valerie abrazó a Marcus de cerca. Estaba al borde de las lágrimas, pero las contuvo.

"Te amo. eres mi alma gemela "Vamos a estar juntos. Te lo prometo." Ella lo abrazó con fuerza.

Marcus se apartó, suavemente. "Te amo. Somos almas gemelas. Nada ni nadie nos mantendrá separados. Estaremos juntos". Te lo prometo." La besó por última vez y le tomó la mano para que lo guiara hacia su auto.

"Llámame cuando llegues a casa", dijo Valerie.

"Lo haré", prometió Marcus. Acercó a Valerie para un último beso antes de subir a su auto para comenzar el viaje a casa.

CAPÍTULO ONCE

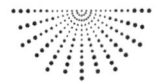

Valerie regresó a la Galería. Entró en el cuarto de atrás para encontrar a Cindy. "Hola, ¿necesitas ayuda?"

Cindy levantó la vista del papeleo que tenía en la mano. "No, ya casi termino con esto. ¿Se fue Marcus?

"Sí, está regresando a Denton", dijo Valerie. Ella miró hacia otro lado mientras hablaba. Extrañaba mucho a Marcus y él acababa de irse.

Cindy observó la cara abatida de Valerie y buscó más papeleo para hacer. Le entregó los papeles a Valerie. Valerie miró los papeles y luego a Cindy. ¿Qué es esto? preguntó ella.

"Esos son los papeles para el envío de mañana. Pensé que podrías mirarlos y ver si me falta algo.

"Está bien", dijo Valerie. "Gracias, necesito estar ocupada. No me impedirá extrañar a Marcus, pero me dará algo más en lo que concentrarme ". Ella le sonrió a Cindy y comenzó a revisar los papeles contra el inventario.

Trabajaron en silencio, pero de manera constante durante algún tiempo. Valerie incluso se olvidó de mirar el reloj, a veces. Cindy estaba encargándose del frente y atendía a los clientes. Valerie estaba pensando en Marcus y en cómo podrían pasar más tiempo juntos. Sabía que Marcus tenía un consultorio médico en el hospital. Ella también sabía que él tenía una casa. Se lo había contado cuando hablaban. Se preguntaba cuán difícil sería para ella encontrar trabajo si se mudara a Denton, después de que sus padres regresaran de Italia.

Ella suspiró. Marcus no le había pedido que se mudara a Denton. Ella necesitaba hacerle saber que no se opondría a la idea. Cuando fuera de visita, tendría que explorar y ver qué trabajo podría encontrar.

Mientras tanto, a Marcus le resultaba difícil concentrarse en conducir. Todo en lo que podía pensar era en Valerie. Había sido muy difícil decirle adiós. Tenían que encontrar la manera de estar juntos. Vernos de vez en cuando no era suficiente. Necesitaba tenerla cerca. Estar lejos de ella era como si faltara una parte de sí mismo. El viaje fue rápido. Marcus pronto estaba guiando en su entrada. Antes de siquiera salir del auto, Marcus marcó el número de Valerie en su teléfono. Valerie respondió al primer timbre.

"Hola, Marcus", respondió Valerie.

"Hola, estoy en casa. Me detuve frente a mi casa. Te echo tanto de menos. Mis brazos se sienten tan vacíos sin estar cerca de ti", dijo Marcus.

"Me siento igual. Es una agonía no tenerte cerca. Marcus, he estado pensando. Cuando vaya allá, después de que regresen mis padres, ¿cómo te sentirías si miro en los alrededores para ver cómo está el mercado laboral? dijo Valerie.

"Me encantaría. No quería mencionarlo porque no estaba seguro de cómo te sentirías sobre mudarte. Voy a correr la voz entre mis amigos para ver si saben algo. Te amo. Tenerte aquí sería genial". Marcus dio un gran suspiro de alivio. Valerie no se oponía a mudarse a Denton.

"Estas próximas dos semanas van a parecer tan largas", dijo Valerie.

"Sí, lo serán", acordó Marcus. "Creo que es mejor que lleve mi equipaje adentro y me aseé. También tengo que registrarme en el hospital. Te llamaré esta noche. Te amo".

"Yo también te amo". Valerie respondió.

Cada uno de ellos de mala gana cortaron la conexión en el teléfono.

Marcus estaba comiendo en la pequeña cafetería a la vuelta de la esquina del hospital. Habían pasado cuatro largos días. Las largas conversaciones que él y Valerie compartían cada noche no fueron suficientes para aliviar el dolor de extrañarla. Estaba tan absorto en sus pensamientos que no notó que alguien se acercaba y saltó cuando lo tocaron en el hombro.

"Dios, Marcus, no quise asustarte. Debes haber estado a un millón de millas de distancia", dijo Mary Gray.

Marcus se levantó y sacó una silla para Mary. Cuando ella ya estaba sentada, él se recostó en su asiento. "No del todo, solo unos doscientos", respondió.

Mary parecía intrigada.

¿Qué hay a doscientas millas de distancia? preguntó ella.

"No qué, quién", dijo Marcus. "El amor de mi vida".

¿Cuándo sucedió esto? exclamó Mary. Acababa de ver a Marcus hace un par de semanas y, por lo que sabía, no estaba viendo a nadie en ese momento.

"Mary, ¿crees en vidas pasadas y almas gemelas?" Marcus sondeó.

Mary parecía intrigada. "Después de lo que pasó con Daniel y Mallie, creo que casi cualquier cosa puede pasar".

Marcus procedió a contarle toda la historia de cómo él y Valerie se habían encontrado a través de sus sueños y cómo había conducido a su casa para encontrarse con ella.

Mary escuchó su historia con gran atención. Era una historia increíble, pero no tenía dudas de que había sucedido tal como Marcus la describió.

Es increíble. Esta Luna Caminante suena como un gran personaje. Me encantaría conocerla." Mary miró a Marcus pensativamente. "Entonces, ¿crees que Valerie querrá mudarse aquí si puede encontrar un trabajo?"

"Sí, ella ya ha dicho que buscará en los alrededores cuando venga de visita", respondió Marcus.

Mary se quedó callada por algunos instantes, pensando. ¿Crees que a ella le gustaría ser curadora de arte en el museo? Martha Sims, la curadora actual, va a renunciar al trabajo. Ella tiene en un embarazo de alto riesgo. Su médico le dijo que descansara. El propietario ha estado haciendo el trabajo mientras busca a alguien para que se haga cargo".

Marcus le dio a Mary una gran sonrisa. "Me parece perfecto. Hablaré con Valerie sobre eso esta noche. Gracias Mary. ¿Has oído algo de los recién casados?

"Dana y Bob volverán este fin de semana. Fueron a Las Vegas. Dana dijo que siempre había querido ir allá. Bob la sorprendió con el viaje. Daniel y Mallie tienen otra semana. Fueron a las islas. Dijeron que la imagen de la playa se parecía a la playa que vieron cuando se conocieron, por lo que estaban decididos a ir allí. Todos la están pasando muy bien".

Mary se levantó para irse. "Comprobaré el trabajo de curador y te avisaré. Resiste. Tendremos a tu alma gemela contigo pronto.

Marcus se levantó con ella. "Gracias, Mary. Tú me has dado esperanzas. No puedo esperar para contarle a Valerie al respecto.

Ambos se separaron, Marcus al hospital y Mary para hablar con cierto dueño del museo. Estaba decidida a ver a Marcus y Valerie juntos.

~

Mary entró en el único museo de Denton y miró a su alrededor. Estaba bien arreglado. Había estado mirando alrededor cuando fue abierto por primera vez, pero no parecía encontrar tiempo para repetir la visita. Siempre pasaban muchas cosas. Sin embargo, ella conocía al dueño. Derrick Ames asistió a la misma iglesia que ella y su familia.

Derrick se adelantó con una sonrisa cuando vio quién había entrado en el museo. Hola Mary, ¿cómo estás hoy? Le ofreció la mano para que ella la estrechara.

Mary le estrechó la mano y sonrió dulcemente. Estoy bien, Derrick. Este es un bonito lugar. No he estado aquí en mucho tiempo. Me gusta cómo están organizadas las cosas.

"Bueno", dijo Derrick. "No puedo tomar crédito por los arreglos. Martha hizo la mayor parte de esto con el chico de secundaria que la ha estado ayudando por las noches".

"Escuché que Martha debe descansar más. ¿Está bien ella?

"Está bien, según su esposo. Mientras se lo tome con calma, todo estará bien", dijo Derrick.

"¿Sigues buscando a alguien que tome el lugar de Martha?" Mary preguntó.

"Sí, hasta ahora no he tenido suerte. ¿Conoces a alguien que pueda estar interesado?

Miró a Mary con curiosidad. Mary le devolvió una sonrisa dulcemente.

"Creo que puedo tener la persona adecuada para ti. Ella ha estado trabajando en una galería de arte en Rolling Fork durante años. Se ha enamorado de un médico local y quiere mudarse a Denton. Pasarán un par de semanas antes de que ella pueda venir a verte. Los propietarios de la Galería están en Italia y ella tiene que esperar a que regresen", Mary le dio mucha información rápidamente.

Derrick la miró esperanzado. "Dile que me llame y hablaremos. Suena como la persona que estoy buscando".

"Yo también lo creo", coincidió Mary. "Le pasaré tu número a ella. ¿Tienes una tarjeta de presentación?

Derrick le dio su tarjeta y le agradeció por venir.

Sonrió y dijo adiós. Ella también se sentía satisfecha consigo misma. Estaba contenta de ayudar a Marcus y Valerie a estar juntos.

CAPÍTULO DOCE

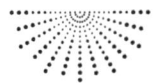

$\mathcal{M}$ary se detuvo en el hospital camino a casa. Se dirigió a la oficina de Marcus. Ella lo alacanzó justo cuando él regresaba de las rondas.

"Hola Marcus". Ella lo saludó sonriendo.

"Hola, Mary. ¿Olvidaste algo? preguntó, sorprendido de verla de nuevo tan pronto.

"No, vine a entregarte esta tarjeta", dijo, entregándole la del museo. "Pasé por el museo y hablé con el propietario, Derrick Ames. Dijo que le diera su tarjeta a Valerie. Él está muy interesado en hablar con ella. El trabajo de curador aún está abierto. Él dijo que haría que ella lo llamara.

Marcus miró la tarjeta con asombro. Le sonrió a Mary. "Seguro que no pierdes el tiempo", dijo sonriendo. "Gracias, Mary. Se lo contaré a Valerie tan pronto como hable con ella. Esta puede ser la respuesta que he estado buscando ".

"De nada. Espero que todo salga bien. Tengo que volver a casa y comenzar a preparar la cena. Estás invitado a venir.

"Gracias, pero lo dejaré para otro día. Tengo que terminar aquí y luego llegar a casa y llamar a Valerie. Gracias de nuevo por su ayuda".

Marcus se levantó y cortésmente acompañó a Mary hasta la puerta.

Marcus se apresuró a revisar su papeleo y salió del hospital tan pronto como pudo. Cuando llegó a casa, colocó su bolso médico sobre la mesa junto a la puerta principal. No perdió tiempo en marcar el número de Valerie. Su número había visto mucha acción en los últimos días. Marcus se acomodó en el sofá y se recostó.

"Hola, Marcus", dijo Valerie sosteniendo el teléfono en su oreja usando su hombro como percha para ello. "Estaba terminando el día. ¡No puedo esperar por el fin de semana! Papá y mamá deberían estar de vuelta para entonces. Yo también estoy ansioso por verte. Te echo tanto de menos.

"Yo también te extraño. Te amo. Tengo buenas noticias. Hoy me encontré con Mary Gray en el almuerzo. Le conté sobre ti y que queremos estar juntos. Ella me dijo que la curador del museo tuvo que renunciar debido a un embarazo de alto riesgo. Ella habló con el dueño después del almuerzo y le habló de ti. Le dio su tarjeta y para que tú llamaras. Está muy interesado en contratarte.

¡Oh, Dios mío! Nunca pensé que sería tan fácil encontrar perspectivas de trabajo. Déjame coger un bolígrafo y escribir su número. Lo llamaré de inmediato". Valerie anotó el número. Te llamaré después de hablar con el Sr. Ames. Te amo".

"Yo también te amo, adiós".

Valerie llamó al Sr. Ames tan pronto como ella y Marcus colgaron. Esperó impaciente después de marcar el número. El teléfono sonó varias veces antes de ser contestado.

"Hola, Museo Ames"

"Hola, señor Ames, esta es Valerie Mason. Mary Gray le habló de mí. Ella me dio su número.

"Sí, señorita Mason. Mary me dijo que pronto te mudarías a Denton. Dijo que tenías experiencia trabajando en una galería de arte.

"Sí, la tengo". Mis padres son dueños de una galería de arte. He estado trabajando en la galería desde que tenía dieciséis años. He manejado todos los aspectos de la galería. Nunca he trabajado en un museo, pero estoy seguro de que gran parte del trabajo es el mismo ".

"Estoy muy interesado en hablar contigo en persona y mostrarte todo. Creo que nos llevaremos muy bien. "¿Cuánto tiempo vas a estar en la ciudad?" comentó el Sr. Ames.

"Estaré allí del jueves en una semana. Tengo que esperar a que mis padres regresen de Italia. Estarán en casa el próximo fin de semana. Tengo que hablar con ellos y explicarles cómo han ido las cosas mientras estuvieron fuera. Llamaré si tengo algún cambio de planes", dijo Valerie.

"Te veré en una semana a partir del jueves", coincidió el Sr. Ames.

Valerie se despidió y colgó.

Valerie llamó de inmediato a Marcus.

"Hola, amor", respondió Marcus.

"¡Ay! Me encanta escucharte llamarme tu amor. Hablé con el señor Ames. Hicimos arreglos para que fuera a hacer a una gira y una entrevista del jueves en una semana".

"Entonces, ¿ese día es cuando estarás aquí?" preguntó Marcus, emocionado.

"Sí", afirmó ella. "Mis padres volverán este fin de semana y necesitaré tiempo para hablar con ellos y explicarles acerca de ti y el amor que siento. Espero que no haya una discusión. Como no saben nada de que nos enamoramos, se sorprenderán mucho ", suspiró Valerie. ¡Te quiero un montón! Echo de menos tener tus brazos alrededor mío.

"También extraño tener mis brazos alrededor de ti. ¿Mi madre todavía viene contigo? Preguntó Marcus.

"Estoy segura de que sí. Tengo que consultar con ella. Parecía estar deseando visitarte. Tenemos que hacer algunas reservaciones. ¿Conoces un buen lugar para quedarnos?

"Tengo una casa grande con mucho espacio. Ambas pueden quedarse conmigo. Tengo una señora para hacer la limpieza. Veré si puede trabajar más horas y ayudar con la cocina. Estaré contando las horas hasta que pueda abrazarte nuevamente. Te amo".

"Parece una eternidad desde que sentí que me abrazabas", suspiró Valerie.

Marcus y Valerie siguieron hablando. Ambos eran reacios a cortar la conexión con el otro. Marcus se recostó en el sofá y se puso cómodo. Iba a aferrarse a la conexión con Valerie todo el tiempo que pudiera.

Valerie estaba tan decidida a aferrarse a la conexión con Marcus. Se recostó en su silla y se preparó para disfrutar hablando con Marcus el mayor tiempo posible.

Melanie y Frank llegaron a Rolling Fork el sábado por la mañana. Valerie dejó la galería en manos de Cindy y se quedó en la casa para ayudarlos a instalarse. Frank estuvo allí poco tiempo antes de querer salir e ir a la galería.

"Espera, papá", dijo Valerie. "Quiero hablar algo contigo y mama.

"¿Qué pasa, querida?" preguntó Melanie

"Mientras estabas fuera, conocí a alguien. Es médico y vive en Denton. Se llama Marcus Drake. Estoy enamorada de él y él está enamorado de mí. Es el hijo de tía Emily. Iré a Denton el próximo jueves y tía Emily irá conmigo. Sé que pensarás que nos estamos moviendo demasiado rápido, pero creo que somos almas gemelas. Cuando fui al hospital con la picadura de abeja, el médico me dio un medicamento al que era alérgica. No podía hacer que nadie entendiera lo que estaba mal. Pedí ayuda en mi mente. Marcus escuchó mi llanto y me habló al respecto. Cuando le expliqué lo que había sucedido, llamó al hospital e hizo que el médico me diera un medicamento diferente. Él me salvó la vida. Hablamos por teléfono y vino a verme tan pronto como pudo salir del hospital. No sabía que tía Emily estaba aquí hasta que él llegó. Estaba muy sorprendido de verla. No han estado cerca, pero hablaron y creo que resolvieron algunos de sus problemas. Pasamos tiempo juntos y nos enamoramos. Tía Emily y yo iremos a visitar Denton, y si todo sale bien, me mudaré a Denton. Valerie hizo una pausa para respirar y darle tiempo a sus padres para responder.

"¿Cuándo vamos a conocer a Marcus?" Preguntó su mamá, después de que la expresión de sorpresa se hubiera desvanecido de su rostro.

"Cuando puede obtener tiempo libre del hospital. Puedo traerlo de visita. Sé que lo amarás". dijo Valerie.

Melanie se levantó y le dio un abrazo a Valerie. "Estoy seguro de que lo haremos. Solo queremos que seas feliz".

Valerie se volvió hacia su papá. "Siento mucho dejarte con menos personal en la galería. Los amo a los dos, pero Marcus es mi alma gemela. Somos el uno para el otro".

Su papá miró a su madre, quien solo asintió. Él se encogió de hombros y le dio un abrazo a su hija y le dio unas palmaditas en el hombro. "Todo saldrá bien. Cindy puede manejar las cosas hasta que podamos obtener más ayuda. No te preocupes". Has lo que tu corazón te dicte.

"Oh, papá", Valerie se sorbió la nariz y le devolvió el abrazo. Frank se fue a ver la galería. Melanie se volvió hacia Valerie.

"Vamos, puedes contarme todo sobre Marcus mientras desempaco", Melanie caminó hacia las escaleras y Valerie la siguió. Siempre se alegraba de hablar de Marcus. Él era su materia favorita.

Frank encontró todo en orden en la galería. Encontró a Cindy en el escritorio trabajando en la computadora.

"Hola, señor Mason. Bienvenido. ¿Cómo estuvo Italia? Cindy sonrió en bienvenida.

"Italia fue increíble, pero me alegro de estar en casa. Quería conocer tu opinión sobre este joven del que Valerie se ha enamorado. Lo conociste, ¿no? Preguntó Frank.

"Sí, conocí a Marcus. Parecía ser una buena persona. Es un buen tipo, pero lo mejor de todo es que estaba tan enamorado de Valerie como ella de él. Creo que fueron hechos el uno para el otro ". Cindy terminó con una sonrisa. Ella estaba tratando de tranquilizar a Frank. Ella sabía que él estaba preocupado por Valerie. Estaría bien después de conocer a Marcus. Estaba segura de que estaba profundamente enamorado de su amiga.

CAPÍTULO TRECE

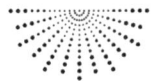

ientras tanto, Valerie le contaba todo a su madre; bueno, casi todo, lo que había experimentado desde que conoció a Marcus. Melanie miró con asombro cuando la historia de Valerie se desarrolló y escuchó todo sobre Marcus escuchando los gritos de Valerie en su sueño y las palabras de Luna Caminando en el lago.

"Has pasado muy bien", dijo Melanie. No puedo esperar para conocer a tu Marcus. Parece un joven bastante interesante.

"Lo es", estuvo de acuerdo Valerie. "No puedo esperar para verlo de nuevo. Es difícil cuando ambos tenemos responsabilidades y no podemos escapar. No puedo pedirle que se vaya de Denton. Tiene una buena práctica en el hospital. Él está haciendo el trabajo que ama. Él tiene una casa y amigos. Me ha contado algunas historias increíbles sobre algunas de ellas. Sé que lo amarás".

Melanie sacudió la cabeza. Podía recordar la primera vez que ella le contó a su madre sobre Frank. Ella y Frank habían estado juntos mucho tiempo y todavía estaban tan enamorados como cuando se conocieron. Solo podía esperar lo mismo para Valerie.

Valerie abrazó a su madre y salió corriendo para llamar a tía Emily. Quería hacerle saber que sus padres habían vuelto y hablar con ella acerca de ir a Denton. Valerie quería asegurarse de que tía Emily no hubiera cambiado de opinión. Tía Emily respondió al segundo timbre. Cuando escuchó que Melanie estaba en casa, dijo que iría enseguida.

En poco tiempo, Emily estuvo allí y ella y Melanie se abrazaron y luego se acomodaron para hablar sobre Italia. Emily quería saber todo sobre el viaje. Ella dijo que quería visitar Italia algún día. Parecía un lugar hermoso. Valerie y Melanie estuvieron de acuerdo. Cuando se detuvieron en la conversación sobre Italia, Valerie le contó a Emily sobre su viaje a Denton el miércoles.

"Tengo una entrevista de trabajo el jueves, así que necesito ir allí el miércoles. No quiero perder mi entrevista. ¿Vas a ir conmigo, tía Emily? dijo Valerie.

"Sí, quiero ver el lugar de Marcus e intentar acercarme a él. Mi objetivo es estar cerca cuando ustedes dos me den nietos", bromeó.

Valerie sonrió a través de su sonrojo. Tenía ganas de hablar sobre niños con Marcus. Esa fue una discusión que aún no habían tenido.

"Podemos tomar mi auto y dejar que el chofer nos lleve", dijo Emily.

"De esa manera podemos sentarnos y disfrutar de nuestro viaje", acordó Valerie.

Una vez que esto quedó resuelto, Valerie decidió ir a la galería para ver si podía ayudar mientras aún estaba allí, y dejó a su madre y a su tía solas para hablar.

Valerie entró en la galería y, al no ver a nadie en el frente, se dirigió a la habitación de atrás. Cindy estaba ocupada desempacando cajas.

"Hola", dijo Valerie. ¿Dónde está papá?

"Fue a recoger unos bocadillos y hacerles saber a todos que había vuelto", dijo Cindy.

Valerie se rio. "Bueno, todo lo que tiene que hacer es presentarse en el café y se correrá la voz por toda la ciudad en poco tiempo".

"Sí", acordó Cindy. "Escuché que nos vas a dejar. No te culpo por ello. Si tuviera un tipo como Marcus deseándome, no perdería el tiempo. Ella se acercó y le dio un abrazo a Valerie. "Les deseo a usted y a Marcus una vida feliz".

"Gracias", dijo Valerie. "Ahora, ¿hay algo en lo que pueda ayudar?"

"Tengo esto bajo control. Puedes permanecer al frente, contestar el teléfono y atender a los clientes. Me imagino que el teléfono sonará después de la visita de tu papá al café.

Ambos se rieron y Valerie salió para cubrir el frente.

Los días pasaron lentamente para Valerie. Hablaba con Marcus por teléfono todos los días, pero quería sentir sus brazos alrededor de ella y sus labios presionados contra los de ella.

El día había llegado. Valerie y tía Emily se dirigían a Denton. Valerie estaba tan emocionada que apenas podía quedarse quieta. Intentó entablar conversación, pero se desviaba cuando su concentración vagaba. Miró por la ventana y pensó en Marcus.

Emily, viendo que la atención de Valerie estaba en otra parte, sacó un libro de su bolso y comenzó a leer. Valerie miró y vio que Emily estaba leyendo. No tenía idea de cuánto tiempo había estado mirando por la ventana.

"Oh, lo siento, tía Emily. No quise descuidarte.

Emily sonrió. "Está bien." Sé que tienes mucho en mente. Además, quería terminar este libro. Se ha vuelto más interesante ".

Valerie se rio. "No dejes que yo te detenga. Estaré callada como un ratón hasta que termines.

Valerie volvió su atención a Marcus y Emily volvió a su libro.

El auto consumió millas y pronto se estacionó en el camino de entrada de Marcus. Acababa de detenerse cuando Marcus salió de la casa y caminó hacia el lado del auto donde estaba Valerie. Él abrió la puerta y, como ella ya se había desabrochado el cinturón de seguridad, la sacó del auto y la abrazó. La atrajo hacia sí y bajó su rostro hacia el de ella para un beso largo. Cuando no parecía que iban a parar para tomar el aire pronto, Emily se aclaró la garganta.

"Hola, mamá", dijo Marcus. Levantó la cabeza ligeramente, pero se quedó cerca de Valerie. Parecía que iba a comenzar a besarla de nuevo. Valerie no parecía tener ninguna objeción.

"Tal vez deberíamos entrar", dijo Emily.

Marcus miró a su alrededor tímidamente. Soltó a Valerie y fue a ayudar al conductor con el equipaje.

"La puerta está abierta. Ustedes dos entren. Estaré justo detrás de ustedes", dijo Marcus.

De hecho, la puerta no estaba simplemente abierta, sino que estaba abierta de par en par. Marcus tenía tanta prisa que no la había cerrado.

Valerie y Emily entraron en la sala y se quedaron mirando a su alrededor. Era una hermosa habitación. Valerie miró asombrada a su alrededor. Tenía una gran chimenea con un gran mantel adornado encima. Los pisos eran de madera con una gran alfombra de estilo oriental en el centro. Tenía un lujoso sofá de color tostado, un sillón y una silla. Había varias mesas y lámparas esparcidas por todas partes. Una de las paredes tenía una gran pantalla de televisión. Podía ver el control remoto en la mesa frente al sofá. El toque final era la hermosa lámpara de araña que colgaba del techo en el centro de la habitación.

Marcus y el conductor entraron con el equipaje y Marcus lo guió escaleras arriba para mostrarle dónde dejar el equipaje. Cuando volvieron a bajar, Marcus mostró al conductor el garaje. Había una habitación arriba donde él se quedaría. Era solo una habitación y un baño, pero sería suficiente por unos días. El conductor podía tomar sus comidas en la casa con ellos.

"Por cierto", dijo Marcus. "Mi nombre es Marcus. Si necesitas algo, dímelo". Extendió su mano para un apretón de manos.

"Soy James", dijo el conductor mientras estrechaba la mano de Marcus.

"Es un placer conocerte, James. Nos vemos luego".

Marcus se apresuró a regresar a la casa. Tan pronto como entró por la puerta, se dirigió directamente a Valerie. Valerie estaba feliz de acurrucarse cerca de Marcus. Sintió como si Marcus fuera su hogar y se alegró de volver con él. Marcus sentía lo mismo por Valerie. No quería dejarla ir, ni siquiera por un minuto, pero su madre estaba allí y él tenía que llevarla a su habitación y al menos ser cortés.

Manteniendo a Valerie cerca, se volvió y le sonrió a su madre. ¿Tuviste un buen viaje? él preguntó.

Su madre le sonrió. "Sí, fue bastante agradable".

"¿Tienes hambre o quieres que te enseñe tu habitación primero?" Preguntó Marcus.

"Me gustaría ir a mi habitación y refrescarme primero", dijo Emily.

"Yo también." Valerie apretó la mano de Marcus.

" Está bien, síganme. Marcus guió el camino hacia arriba. Todavía sostenía con fuerza la mano de Valerie. Difícilmente podía creer que ella estuviera allí con él al fin.

Primero le mostró a Emily su habitación y luego llevó a Valerie a su habitación. "Te veré abajo, pronto". De mala gana le soltó la mano y se volvió para bajar.

"Marcus", dijo Valerie.

Marcus se volvió al oír su voz. Valerie fue a sus brazos y lo abrazó con fuerza. "Te he extrañado mucho", declaró.

"Te he echado de menos, también. Apenas puedo creer que estés aquí y puedo abrazarte. Marcus besó a Valerie lentamente. Él se echó hacia atrás y miró su amado rostro. "Te veré en unos minutos". A regañadientes se apartó y bajó las escaleras.

Marcus estaba esperando cuando Emily y Valerie bajaron las escaleras juntas.

"Mi ama de llaves nos ha preparado una merienda. No quería

que ella hiciera nada más porque quiero llevarlas a comer esta noche. Entren al comedor. Les presentaré a Caroline Holt".

Cuando entraron al comedor, Marcus llamó a Caroline para que se reuniera con ellos.

"Caroline, esta es mi madre, Emily Drake". Hizo un gesto a su madre. Luego hizo un gesto a Valerie. "Esta joven es el amor de mi vida, Valerie Mason. Damas conozcan a Caroline Holt.

Todos intercambiaron "saludos" y "encantados de conocerte". Caroline les sonrió y, se fue a traer los bocadillos, se volvió hacia la cocina.

Valerie miró a su alrededor. La habitación era espaciosa y tenía mucha luz desde las muchas ventanas.

Caroline dejó el gran plato de bocadillos sobre la mesa. "Tengo té o limonada. ¿Qué les gustaría tomar a todos?

"Voy a tomar el té", dijo Emily.

"Yo también", dijo Valerie.

"Que sean tres", dijo Marcus.

Caroline les sonrió. "Vuelvo enseguida".

Se apresuró a la cocina y pronto regresó con tres vasos de té en una bandeja. Si necesitas algo, sólo llámame. Ella salió de la habitación y los tres se sirvieron los deliciosos sándwiches de ensalada de huevo.

"Hum, son buenos", dijo Valerie.

"Sí, lo son", estuvo de acuerdo Emily.

"¿Las seis en punto estará bien para salir esta noche?" Preguntó Marcus.

"Las seis en punto estará bien", coincidió Emily. Valerie asintió con la cabeza.

"¿Les gustaría a las dos damas dar una vuelta en auto y ver algunos de los sitios de Denton?"

"Creo que terminaré mi libro y tomaré una siesta. ¿Por qué se lo muestras a Valerie? dijo Emily.

"¿Estás bien, madre?" preguntó Marcus, mirando a Emily con curiosidad.

"Si estoy bien. Un poco cansada. Ustedes vayan y diviértanse ".
Emily sonrió y salió del comedor.

Marcus le sonrió a Valerie. "¿Vamos a divertirnos?"

"Sí, por favor", respondió Valerie.

CAPÍTULO CATORCE

$\mathcal{M}$arcus acompañó a Valerie a su auto y la ayudó a entrar. Marcus le sonrió a Valerie. "No puedo creer que estés aquí sentada a mi lado".

Valerie se acercó y le apretó el brazo. "Estoy aquí." He estado contando los minutos. Y había muchos de ellos. Te echo tanto de menos.

"Yo también te extraño. Vamos a ver que te quedes permanente-mente. Marcus se detuvo en un parque y detuvo el auto. Se giró en su asiento y, desabrochándose los cinturones de seguridad de él y de Valerie, le tomó la mano.

"No es así como pensé en hacer esto, pero no puedo esperar más", hizo una pausa y la miró profundamente a los ojos. "Valerie Mason, te amo profundamente y para siempre. ¿Me harás el honor de ser mi esposa? Metió la mano en el bolsillo y sacó una caja de anillo. La caja, cuando se abrió, mostró un hermoso anillo de compromiso.

Valerie suspiró y miró el anillo. Volvió a mirar a Marcus y luego le echó los brazos al cuello. "Por supuesto, me casaré contigo. Te amo".

Marcus la abrazó por un minuto, y luego suavemente puso un

pequeño espacio entre ellos para que él pudiera poner el anillo en su dedo.

"Un ajuste perfecto", dijo Marcus con satisfacción.

Valerie miró el anillo maravillada. "Es el anillo más hermoso que he visto".

Marcus la acercó y la besó profundamente. Valerie le devolvió el beso con igual fervor. Cuando salieron a tomar aire, Marcus le acarició la cara y luego se abrochó el cinturón de seguridad para poder continuar su recorrido por Denton.

Primero atravesaron el centro de la ciudad. Marcus señaló la panadería y la oficina de reclutamiento del ejército donde Matt, el hermano de Daniel estaba a cargo. Señaló la oficina de bienes raíces. Se había extendido al edificio de al lado para dejar espacio para la práctica legal de Daniel. Pasaron por las escuelas y la universidad. Mientras conducían por el centro comercial, Marcus lo señaló, pero no entraron. Él le mostró el museo, donde tenía una cita al día siguiente. Pasaron por Marshel's, el restaurante donde tenía reservas para cenar, y terminaron frente al hospital.

Marcus se volvió hacia Valerie. "¿Quieres entrar y ver mi oficina?"

"Me gustaría ver dónde trabajas", dijo Valerie. Ella le sonrió a Marcus.

Marcus se acercó y ayudó a Valerie a bajar del auto. Él tomó su mano y la guió a través de la puerta principal del hospital.

Marcus la condujo por el frente, pasó el escritorio de la anfitriona y bajó por un pasillo hasta donde estaban ubicadas las oficinas del médico. El Dr. Pane estaba saliendo de su oficina. Estaba ubicado al lado de la oficina de Marcus. Se detuvo sorprendido al ver a Marcus con una joven encantadora.

"Hola, Dr. Drake", dijo.

"Hola, Dr. Pane. Esta es mi prometida, Valerie Mason. Valerie, este es el Dr. Pane. Me cubrió cuando fui a Rolling Fork.

"Es un placer conocerte", respondió Valerie.

El Dr. Pane salió de su asombro y sonrió a Valerie y Marcus. "Es un placer conocerte, también. Les deseo a ambos lo mejor ". Extendió la mano para estrechar la mano de Marcus. "Felicidades".

Marcus le estrechó la mano. "Le estoy mostrando todo a Valerie. Nos veremos más tarde." Marcus abrió la puerta de su oficina e hizo pasar a Valerie. El Dr. Pane se volvió y se apresuró a correr la voz sobre el compromiso de Marcus.

No se quedaron en el hospital por mucho tiempo. Valerie miró todos los certificados y diplomas de Marcus en la pared mientras Marcus revisaba sus mensajes.

No hay nada muy importante. Todo puede esperar hasta la mañana ", dijo Marcus. Levantó la vista para ver a Valerie mirando algunos de sus premios. Él sonrió. Se alegró de verla interesada en su vida.

Valerie miró y lo vio sonriéndole. Ella le sonrió de vuelta. "Tienes muchos premios", observó.

Marcus se encogió de hombros. "Trabajé duro en la escuela de medicina. No tuve ninguna distracción. Estaba esperando por tí". Él sonrió y la tomó en sus brazos para un beso largo y amoroso.

Marcus se apartó y miró la hora. "Deberíamos irnos. Tenemos que prepararnos para salir esta noche. Valerie estuvo de acuerdo y siguió a Marcus fuera de su oficina y esperó mientras él cerraba la puerta. Marcus la rodeó con el brazo y se dirigió a su automóvil. Vio a varias enfermeras mirándolos, pero siguió adelante. No quería detenerse y conversar.

Tan pronto como Marcus acompañó a Emily y Valerie a la casa de Marshel, vio a Mary y Herman Gray sentados con Dana y Bob Jenkins en una mesa grande cerca. Guió a las damas para saludarlas y presentarlas. Los chicos se pusieron de pie mientras se acercaban, pero Marcus solo sonrió y se volvió para hablar con las damas.

"Mary, Dana, me gustaría presentarte a mi madre, Emily Drake y al amor de mi vida, Valerie Mason. Madre, Valerie, esta es Mary

Gray —señaló hacia Mary— y Dana Jenkins. Los caballeros con ellas son sus maridos, Herman Gray y Bob Jenkins.

Todos saludaron y sonrieron a su alrededor.

¿Por qué no se unen a nosotros? preguntó Mary. "Danos la oportunidad de conocer mejor a tu familia".

Marcus escrutó a Valerie y Emily. Ambas damas asintieron con una sonrisa. Marcus volvió a mirar a Mary y sonrió. "Nos gustaría unirnos a usted. ¿Estás seguro de que no participaremos en una celebración?

"Estábamos dando la bienvenida a Dana y Bob de regreso de su luna de miel. A todos nos gustaría más compañía", dijo Mary.

Valerie inmediatamente tomó la silla junto a Mary. Marcus empujó su silla y miró a su madre sentada junto a Bob Jenkins. Él se sentó al otro lado de Valerie. La camarera llegó allí rápidamente para traerles agua y tomar sus órdenes.

Cuando la camarera se fue, Valerie se volvió hacia Mary. Me alegra que nos hayamos encontrado contigo. "Tengo algo para tí". Quería agradecerte por desviarte y hablar con el señor Ames por mí. Sacó un pequeño paquete envuelto en papel de seda de su bolso y se lo entregó a Mary. "Esto es solo un pequeño agradecimiento". Le entregó el paquete a Mary.

"No tenías que hacer esto. Me alegré de ayudar". Tenía una sonrisa de satisfacción en su rostro cuando aceptó el paquete.

"Yo quería hacerlo", respondió Valerie con una sonrisa.

Mary desenvolvió el regalo para descubrir un pequeño ángel. Medía aproximadamente 15 centímetros de alto. Tenía ojos azules brillantes y tenía una cualidad luminosa nacarada. Lo hacía brillar como si estuviera iluminado desde el interior.

"¡Es hermoso!" exclamó Mary. Dana y los chicos estuvieron de acuerdo.

"Mamá me lo trajo de Italia. Inmediatamente pensé en usted. Le conté a mamá sobre ti y ella estuvo de acuerdo en que era una buena idea. Ella dijo que debes ser una dama especial y merecías un regalo especial. Ella me dijo que te dijera que está ansiosa por conocerte.

"Muchísimas gracias". Lo atesoraré. Dile a tu madre que gracias. Espero conocerla a ella también. Mary colocó el ángel frente a su plato para poder disfrutar mirándolo mientras comía.

Las damas vieron el anillo de Valerie y hicieron varias exclamaciones sobre él. Felicitaron a Marcus y les desearon a ambos una vida larga y feliz.

Mary se volvió hacia Emily. "¿Cómo te ha gusta tu visita a Denton?" preguntó ella.

"Me parece un pueblo encantador. He estado buscando un lugar en Rolling Fork, pero hasta ahora no he encontrado nada. Pensé que podría mirar por aquí, si Marcus no tiene objeciones.

"No tengo objeciones, madre. Si te tomas en serio la búsqueda de un lugar, Bob aquí puede ayudarte. Es dueño de la mejor compañía de bienes raíces en la ciudad ".

Bob sonrió. "Cada vez que quieras mirar alrededor, házmelo saber y veré qué puedo hacer", prometió.

"Gracias", Emily estuvo de acuerdo sonriendo.

"¿Cuándo regresarán Mallie y Daniel?" Preguntó Marcus.

"Volverán este fin de semana", respondió Dana. "Ambos están ansiosos por comenzar, Daniel en su nueva práctica y Mallie regresando a la universidad para terminar el entrenamiento como enfermera".

"Dana y yo estaremos ayudando a Barbara y Matt a planificar su boda. Estará aquí antes de que lo sepas. Todavía queda mucho por hacer. ¿Cuándo planean casarse ustedes dos? preguntó Mary.

"No hemos hablado de eso, todavía. Todavía tengo que ir a conocer a los padres de Valerie, pero no pasará mucho tiempo", Marcus les aseguró a todos mientras miraba a Valerie con determinación.

Valerie sonrientemente accedió.

Cuando regresaron a la casa de Marcus, Emily se excusó y subió las escaleras. Marcus la tomó de la mano y la condujo al sofá. Una vez allí, se sentó y tiró de ella hacia su regazo. Valerie fue voluntariamente. Con los brazos entrelazados, pronto se besaron apasionadamente. Se sentaron allí durante bastante tiempo, gradualmente recostándose en la esquina del sofá y poniéndose más cómodos. Después de un rato, Marcus se echó hacia atrás. Valerie hizo un sonido de protesta. Ella no quería perder el contacto con Marcus. Marcus apartó su cabello de su cara.

"Lo sé, amor", dijo. "Yo tampoco quiero parar, pero tienes una cita por la mañana. "Sabes, que no tienes que trabajar. Vamos a casarnos Yo cuidaré de ti

"Lo sé. Quiero trabajar. Al menos hasta que tengamos hijos. No quiero sentarme en la casa todo el día sin nada que hacer. Me aseguraré de que el señor Ames sepa que no trabajaré por las tardes o noches. Esos te pertenecen. Te amo". Valerie se inclinó para otro beso.

Marcus la obligó y luego se levantó y la ayudó a levantarse. "Te acompañaré a tu habitación", dijo.

En la puerta de su habitación, Marcus le dio un último beso. "Sueña conmigo", dijo.

"Siempre soñaré contigo", respondió Valerie. "Fue el Sueño de Amor lo que nos unió de nuevo".

ACERCA DEL AUTOR

Con cinco hijos, diez nietos y seis bisnietos, tengo una vida muy ocupada, pero leer y escribir siempre ha sido una parte muy grande y agradable de mi vida. He estado escribiendo desde que era muy joven. Mantuve cuadernos, con mis historias en privado. No los compartí con nadie. Todos fueron escritos a mano porque no podía escribir a máquina. Vivíamos en el campo y tenía que hacer la mayor parte de mi escritura de noche. Mis días estaban ocupados ayudando con mis hermanos y hermanas. También ayudé a mamá con el jardín y enlatando comida para nuestra familia. A pesar de que estaba cansada, me las arreglé para poner mis pensamientos en papel por la noche.

Cuando me casé y comencé a criar a mi familia, seguí escribiendo mis historias mientras ayudaba a mis hijos en la escuela y en sus propias vidas y familias. Mi hermana fue la única en leer mis historias. Ella fue muy alentadora. Cuando mi hija menor comenzó la universidad, decidí ir a la universidad yo misma. Había tomado mi GED en una fecha anterior y solo tuve que tomar una clase para aprobar mis exámenes de ingreso a la universidad. Pasé con gran éxito e incluso logré obtener una beca parcial. Tomé clases de computación para aprender a escribir. Las clases de inglés y literatura me ayudaron a pulir mis historias.

Encontré que hablar en público no era para mí. Me sentía mucho más cómoda con la palabra escrita, pero fue útil investigar y escribir los discursos. Podría usar información para construir una historia. Además, me las arreglé para dar mi propio giro a los ensayos.

Terminé la universidad con un título de asociado y un promedio de calificaciones de 3.4. Obtuve varios premios, incluyendo la lista de presidentes, la lista de decanos y la lista de profesores. La experiencia universitaria me ayudó a ganar más confianza en mi escritura. Quiero agradecer a mi profesor de inglés en la universidad por darme más confianza en mi escritura diciéndome que tenía buena imaginación. Ella dijo que contaba una historia interesante. Mi hija, que es muy buena escritora y tiene libros propios, me convenció para que publicara algunas de mis historias. Ella las publicó por mí. La primera vez que sostuve uno de mis libros en mis manos y miré mi nombre como autor, me sentí muy orgullosa. Fueron muy bien recibidos. Esto fue un estímulo suficiente para convencerme de continuar escribiendo y publicando. He estado construyendo mi biblioteca de libros escritos por Betty McLain desde entonces. También escribí e ilustré varios libros para niños.

Ser capaz de escribir mis historias me abrió un mundo completamente nuevo. Tener acceso a una computadora me ayudó a buscar todo lo que necesitaba saber, expandió mi capacidad para seguir escribiendo mis libros. Unirme a Facebook y hacer amigos en todo el mundo amplió mi perspectiva considerablemente. Pude entender muchos estilos de vida diferentes e incorporarlos en mis ideas.

He escuchado el dicho, ten cuidado con lo que dices y no hagas enojar al escritor, puedes terminar en un libro siendo eliminado. Es cierto Toda la vida está ahí para estimular tu imaginación. Es divertido sentarse y pensar cómo se puede cambiar un pensamiento para desarrollar una historia, y ver la historia desarrollarse y cobrar vida en su mente. Cuando empiezo, las historias casi se escriben por sí mismas, solo tengo que descifrarlas como creo antes de que se acaben.

Me encanta saber que las historias que he escrito están siendo leídas y disfrutadas por otros. Es impresionante ver los libros y pensar que escribí eso.

Espero con ansias muchos años más de publicar mis historias y espero que las personas que leen mis libros estén ansiosas por leerlos.